カオスの商人

ジル・チャーチル
新谷寿美香訳

創元推理文庫

THE MERCHANT OF MENACE

by

Jill Churchill

カオスの商人

ラリー、デイヴィッド・B、
エイミー、デイヴィッド・L、
そしてローズに

1

「全部やるなんてあたしにはむり。クリスマス前に死んじゃうか、頭の病院行き」ジェーン・ジェフリイは泣きごとを言った。彼女は、親友であり隣人でもあるシェリイ・ノワックと、自分のうちのキッチン・テーブルにいた。室内は焼きたてのクッキーとコーヒーの匂いが漂っている。それからかすかに、ずぶぬれの犬の臭い。まだ午後の五時なのに、雲が低くたれ込め、外は真夜中のように暗い。

「ばっかばかしい」シェリイが、交通警官や校長先生や銀行員やらをたじろがせる口調で切り捨てる。だがジェーンはもう慣れっこだ。

彼女はテーブルにつっぷし、ランチョンマットに鼻を埋めた。「むり、むりだってば。子供たちの監護権があの姑《しゅうとめ》に移っちゃうよ」キルトの布にもごもご言う。「そしたら子供たちにあたしの悪口吹き込んで、亡くなった父親を褒めあげるに決まって――」

「ジェーン、落ち着きなさいよ」シェリイがぴしゃりと言う。「あの子たちだって、もう赤ん坊じゃないんだから」

ジェーンは、ぬかるみから脚を引きぬこうとしているカバのような声をあげ、めそめそし続ける。「メルのお母さんがクリスマスを過ごしに町へ来るのよ。あたし、きっと嫌われる――」

「嫌われたりしないってば。それに大事なのは、メル本人があんたをどう思ってるかだけなんだし」シェリイは説き続けた。メルは、ジェーンの〝重要な相手〟なのだ。彼女の娘ケイティが、頑として彼のことをそう呼び続けているように。

「――それに、うちの反対隣に新しいお隣さんが越してきてさ、まだちゃんと会ってもいないのに、あたし気に入らなくて――」

シェリイはやさしく撫でてやろうとジェーンの頭に手を伸ばしたが、ブロンドの髪にクッキーの砂糖衣が糸を引いてくっついているのに気づき、引っ込めた。「あんた、髪の根元を染めてもらわなきゃ。で、この緑色のねばねばも洗い落としてもらうの。そうだ、ウィラードも洗ってくれるかもよ。家族総出でさっぱりお手入れにお出かけすんのね」

ウィラードは黄色の大型犬で、今はテーブルの下にひそみ、クッキーのかけらでも落ちてこないかと待ちかまえている。混じり合った臭いの中で、唯一不快な臭いのもとである彼は、シェリイの申し出に反対を唱えるがごとくうなった。

ジェーンのくぐもった声は、今にも悲鳴に変わりそうだ。「あたしが緑色の髪してたって、雪の中をころげ回りたがる臭い犬飼ってたって、誰が気にするって？　あたしのことなんか、誰も見向きもしない。あたしなんか、クッキー焼いて、果物をシロップ煮にして、掃除して、買い物しまくる苦労人で、どうせ爪の間なんか赤い食品着色料に染まっちゃってて、掃除機の紙パックには犬の毛が満タンよ。ウィラードったら、今年も真冬のおかしな抜け毛が始まっちゃって」

シェリイは腰を上げ、二人ぶんのコーヒーを注ぎ直した。「あんた、なんでこんなにいろいろやることになっちゃったわけ？　クッキー交換パーティの前に、クリスマス・キャロルの集いまでやるつもりなんでしょ？　ぶっ続けで。金曜日の夜と土曜の午後よね。あんまりうまい予定の組みかたじゃないね、ジェーン」

ジェーンは体を起こし、にちゃにちゃの両手をにちゃにちゃの髪に突っ込み、顔をしかめた。「わざわざ思い出させてくれて、あんたってほんといい友達よね。クッキー・パーティの件は全面的にあたしの責任。自分で考えたことだもん。他の全部で身動き取れなくなるずっと前にね。だけど、よく考えたら、あれってあんたがすすめたんだった。ほら、角っこの家に住んでたおばあちゃんが、クッキー・パーティを開いて、近所の女の人たちみんなが年に一度集まってたのって、すごくよかったねって、あたしが思い出話した時」

「すすめたわよ。今だって、やれば楽しいって思ってるよ、ジェーン。あの時こうも言ったよね。ワインとお茶とコーヒー、それから交換したクッキーをみんなが持って帰れるように箱もあたしが用意する、って。だから箱は全部組み立てたし、飾りつけだってしてあんの」

ジェーンは、もっと気の弱い人間が向けられたら髪が逆立ちそうな眼つきをしてみせた。

「そりゃいいわ。あとあたしがしなきゃなんないのは、家を掃除して飾りつけをして、パーティで食べるぶんのクッキーを、何トンか焼いとくだけのことだよね」

シェリイは、手に持ったコーヒーカップで、大きな身振りをしてみせた。「どうせしなきゃならないことじゃん」陽気に言う。「だけど、なんだって聖歌の集いまで、あんたの身に降りかかってきたわけ？」

「いまいましいジュリー・ニュートンのせい」

「あんたはジュリーのこと、好きなんだと思ってた」

「あたしだってそう思ってた。やたら明るくて能天気な人だけど。彼女をクッキー・パーティに誘ったらさ、なんていい考えなんだ、それならご近所の連帯感がうんと強まる、あなたってなんて頭がいいのって、すごい勢いで喋りたてるんだもん。おかげであたし、調子に乗っちゃったんだよね、シェリイ。レディ・バウンティフル（金持ちで気前のよい女性、女性慈善家。ジョージ・ファーカーの劇『伊達男たちの計略』の女主人公の名前から）にでもなった気分だった」

「彼女、そういうのうまいのよ」シェリイが言った。「あたしなんか彼女に乗せられて、教会のバザーの〝ごみとお宝〟部門を担当したことがある。自分の思いつきでやったことだと、しばらく思い込んでたくらい」

「あたしってば、乗せられやすいたちだしね」ジェーンは自分で認めた。「で、ジュリーがご近所を聖歌隊が歌いながら回って、そのあと誰かの家でビュッフェ式の食事会をしたら、どんなにすてきだろうってえんえん喋ったわけ。あたし、それはいいなあって思ったから、うなずいて同意して、いくつか提案までしたの。だって、彼女がそれ全部の世話役を買って出ると思ったから。ところがよ、あたしをその計画にすっかり引き込んでおいてから、彼女当然のように言うんだもん。ちょうどキッチンをまっさらに改装しているところなのって。でもって、仕事を請け負ってるあの感じのいい青年、ブルース・パージターは——うちの食料品室の棚も作ってくれた人でね——クリスマスまでには完成するかもしれないと言ってくれてるけど、その期限をあてにできるか心もとないって。だから——」

「だから、あんたが世話役を買って出たって?」

ジェーンは椅子の背にもたれ、大きなため息をついた。「ああやだ、そういうこと! というか、ジュリーにそうさせられたのかな。ぞっとする細かいことはおぼえてない。列車の転覆事故みたいなもん。あたし、ジュリーと同じくらい能天気に喋りまくってて、はっと気づいたら、近所の人たちみんなをビュッフェ式の食事会に迎えることに同意してた」

シェリイは、キッチン・カウンターにひろげられたきれいな枕カバーの上で冷ましてあるクッキーに眼をやった。「ジェーン、あの緑色のやつにはどういう意味があるの?」

「妖精」ジェーンは憂鬱そうに言う。「いまいましいクリスマスの妖精。クッキー型は妖精に見えたんだけど、焼きあがったら輪郭がぼやけちゃった」

「どっちかというと、柊《ひいらぎ》の葉に見える――いや、うわっと出てきたキノコかな」シェリイが言った。

ジェーンは弱々しげに微笑む。「でも、味は悪くないの。ちょっとお皿に移して、気持ち悪くなるまで食べようよ。他の人には絶対見られたくない」

「あたし、動けない」シェリイが言った。「両足があんたんとこの床にくっついてる」

非難の言葉に、ジェーンはあきらめきった様子でうなずいた。「コーン・シロップよ。壜《びん》を落っことして、蓋がはずれちゃったの。床はもう二度も拭いたし、ウィラードが舐められるだけ舐めたんだけどね。靴はそのまま置いときなよ」

「ありがと。でも、あたしは足より靴を持っときたい」マジックテープを引きはがすような音を立てながら、シェリイはクッキーをいくらか皿に入れ、ジェーンの向かいに坐った。そろそろとクッキーをかじってみて、微笑む。「ほんとだ、悪くない。それはそうと、メルのお母さんの話をしてよ。なんで彼女に嫌われるっていうの？」

「だって、彼女にとってメルはたった一人の息子だから。なにしろ彼は前途洋々、やり手の刑事。だけどあたしは三人の子持ちで、うち一人は大学生。あたしがメルより年上ってことの、それが動かぬ証拠」

「だから？」

「だからきっと彼女は、あたしのこと、かわいい息子を罠にかけんと狙ってるオニババだと思う」

「ジェーン、そんなことわからないじゃない。あんた気に入られるって。そうね、まあこのとんでもないキッチンをきれいにしてればだけど。それと、髪を徹底的に直しとけばだけど」

ジェーンは首を振った。「ううん、気に入ってもらえない。メルがそう言ってたもん」

「彼がそんなことを？」シェリイは驚いた。

「はっきり言ったわけじゃない。でも彼、きみと子供たちのことを、母はきっと気に入るよって言い続けるんだもん。それに、あたしがすごくすばらしい人間で、絶対、絶対仲よくなれるって、お母さんに言ってあるんだって。彼自身が何がなんでもそう信じ込もうとしているのがもろわかり」

シェリイは眉をひそめた。「あらあ、それはまずそう」

「そういうこと。何もかもうまくいくって、男が言えば言うほど、あたしは心配になる。それにね、お母さんとあたしはすごく馬が合うって言う時、メルったらほとんど興奮状態なの」

「少なくとも、ずっと彼女にそばにいられるわけじゃないんでしょ？」

「うん、もちろん泊まるのはメルのとこだからね。あたしが招待したから、クッキー・パーティにはメルが連れてくる。それにクリスマスもうちに招待した。それ以外は、たぶんそんなに会うことはないと思う。もちろん、メルにもね。でも、こんなにいろんなおもてなしで身動き取れないんだから、どうせ彼にも会えなくなってたよ」

「ジェーン、あんまり大げさに考えすぎだって。あんたがしなきゃならないのは、余分にクッキーを焼いて、家を掃除しておく――」

「それって、どっちも高いハードルなんだよね、知らなければ言っとくと」

シェリイはあたりを見回した。「この家、核兵器で全壊したあとみたい。でも、なんとかなるよ。ビュッフェはあたしも手伝う。ポールがいいケイタリング業者を見つけてくれるかもしれないし」

シェリイの夫ポールは、ギリシア料理のファーストフード店チェーンのオーナーだ。経営はすこぶるうまくいっているが、ジェーンもシェリイもその理由は見当もつかない。店で出される料理は食べられた代物ではないと、二人の意見は一致している。ポールまでそれを認めている始末だが、彼のポリシーは〝壊れないなら、直すな〟なのである。

「ギリシア料理じゃないよ」シェリイはジェーンに請け合う。「ポールのとこには、下請けのケイタリング業者がたくさんいるから」

「彼の店の料理を下請けしているような業者を、あんたは信頼すんの？」ジェーンは訊いた。

シェリイはしばらく考えた。「一理ある。だったら、こうしよう。ハムを何個かスライスして、箱入りポテト・ミックスを使ってグラタンをたっぷり焼いて、質のいいチーズと赤と緑のパプリカを添える。そしてみんなに、サラダかデザートのどちらかを持ってくるように言う」

ジェーンはまたため息をついた。「シェリイ、あんたっていい人。そこでなんだけど、教えてよ。あたしの子供たちのプレゼントは何にしたらいいか」

「あんた、まだ買い物してなかったの？」シェリイは叫びそうな勢いだ。

「わかってる、わかってるってば。どうせあんたは八月に買い終わってる」

シェリイは否定しない。「この時期じゃ、もうカタログだってあてになんないよ。悪いけどジェーン、それは一人でやって。商品券ってのもおつなもんだけどね」顔をしかめて言い添える。

「プラスチックの三輪車とか新品の大きな箱入りクレヨンとか塗り絵帳なんかで大喜びしてくれる頃は、うんと楽だった。楽だったし安かったし。マイクが、欲しいコンピュータ・プログラムとゲームのリストを送ってきたの。あたし、値段を見にいって、シャベルで頭を殴られた人みたいにすごすご店から引き返したよ」

シェリイはその話題を見送った。「で、あんたの残りの不満はなんだったの？　ご近所さんがどうとか？」

「ああ、そうなの。彼らが越してきた時、あんたとポールはしばらく留守にしてたんだ」

「あたし、そのお宅へずっとご挨拶に行こうと思ってたの」シェリイが言った。「彼らがどうしたっていうのよ？」

「どうもしない、と思うよ。あんたがポッサム・ホロウなんて名前のとこで生まれ育って、半分血のつながった兄弟と結婚してるんだったら」

「田舎者ってこと?」

「あのね、田舎者なんて生ぬるい。シェリイ、もっととんでもないの。運ばれてく家具を見てもらいたかった。あたしならごみに出すのも恥ずかしくなるような代物。気色悪い虹色の縞模様の入ったソファなんか、涙が出ちゃった。居間の椅子ときたら脚は金メッキのまがいもので、坐るとこにビニールのカバーがかかってんの。あたし、お高くとまるのは嫌いだけど――」

「わかる」シェリイは判断して、ちらりとジェーンの髪に眼をやる。

「でもね、奥さんのほうはハウスドレスを――大恐慌時代にあたしたちのおばあちゃんたちが着てたようなやつを着てててね、一度なんか、食料品店でヘアカーラーつけたまんまのとこを見かけた。あんなことしてる人、ここ二十年は見たことない」

「あんた、ちゃんと彼らに会ったの、それともぽかーんと見てただけ?」

「ちょっとだけ会った。彼らが越してきた最初の夜に、夕食にと思ってツナのキャセロールとサラダを持ってってあげたの。旦那は――ビリーなんとか、ジョーンズだかジョンソンだか思い出せない――カウボーイ・ブーツ履いちゃって、鹿狩り用の帽子なんか被ってた。彼があたしたちを家の中へ招き入れて、奥さんに引き会わせたの」

「あたしたち?」

「スージー・ウィリアムズが一緒だったのよ。彼女はデザートを持ってった。旦那、彼女を見てよだれを垂らさんばかりよ」

ジェーンとシェリイの友達スージーは、同じ区画の数軒先に住んでいる、大柄で色っぽいプラチナ・ブロンドだ。メイ・ウエスト（女優。一九二〇―三〇年代のセックス・シンボル）似で、もっとずっときれいだけど、同じくらい口が悪い。

「スージーによだれを垂らして何がおかしいの？　男ならごく自然な衝動よ」

「そうね、一つには気の毒な奥さんがその場にいたってこと」

「彼、いやらしかったの？」

「ううん、いやらしくはなかった。先生にのぼせあがって、いいとこを見せようとする男の子みたいなもん。自分のワニ革のブーツがどうとか、知り合いにワニを育ててやがるおやじがいるって話とかを喋りたててた。それから、壁にかけた写真を褒めてもらいたがるんだよね。廃業したガソリンスタンドの駐車場を買ったとかで、そこの風景。まあ、いいよ。そのうち彼らのことだって好きになれるかもしれない。少なくとも、違う文化を知ることにはなるもんね」

「仕事は何をしてるのか、言ってた？」

「引退したんだって」

シェリイは意外そうな顔をした。「へえ？　お年寄りなの？」

「ううん。四十歳くらいかな」

「引退する前は何をしてたの？」

ジェーンは肩をすくめた。「わかんない。お酒の密造とか?」

それがまるで宇宙をゆるがす発言だったかのように、ジェーンが言い終わったとたん、トランペットのようなとほうもない大音声が窓ガラスを震わせた。

2

ビリー・ジョー・ジョンソンは玄関から飛び出し、妻のティファニーがいる場所へと歩道を走っていった。この時も、彼女は髪にヘアカーラーを巻いたままだったが、ウールのスカーフで農婦風に頭を覆っていた。ジーンズにチェック柄の厚手の綿シャツを合わせており、重ね着している薄い上着の前をかき合わせようとしつつ、両耳をふさごうとしている。両方同時にするには手の数が足りない。

「すげえだろ、ティフ！」ビリー・ジョー・ジョンソンが音楽にかぶせて叫んだ。耳障りな騒音だったものは、交響楽団が録音した聖歌『あめにはさかえ』になっていた。

ティファニーは片耳を覆った。「なあにっ？　聞こえない！」

ジェーンとシェリイが玄関ポーチに出てみると、ビリー・ジョーが陽気に手を振ってきた。ジェーンは力なく手を上げて応じ、シェリイと階段をそろそろとおりてジョンソン家をもっとよく見ようとした。家はクリスマスの装飾にほぼ埋もれていた。

四フィートの長さの紅白杖が、車路《くるまみち》に並んでいる。歩道の左側では、等身大のサンタが、本物そっくりに見えるトナカイ二頭の引く橇《そり》に乗っているし、ジェーンのクッキーよりも不気味に見えるプラスチック製の妖精たちが、庭の右側で戯れている。家の窓という窓には、電球の仕込まれた雪だるまや天使、はたまた星が置かれ、外側からも、チカチカする電飾に照らし出されている。実のところ、一軒まるごと電飾がはりめぐらされているのだった。庭の灌木《かんぼく》の茂みときたら、まるで幻覚を引き起こす悪夢で、赤や緑の照明が点滅、明滅している。

ジェーンとシェリイはぞっとして眼を見合わせた。ティファニーは両手の指を折り曲げ、ビリーの耳元でどなった。「音楽をとめてえっ！」

ビリーが彼女の命令を聞くために家へはね戻ったと思うと、一瞬おいて大音響がぷっつり途切れた。いきなり静かになったため、ジェーンは耳で打つ脈拍の音まで聞こえた。というより、突然耳がきかなくなって、永遠にその音しか聞こえなくなったのではないかと思った。自分の心臓が打つ音しか。

ジェーンは声を出してみた。「シェリイ？　なんでこのこと教えてくれなかったのよ？」

シェリイは耳をはっきりさせようとしているのか、しきりに首を振る。「あたし一日じゅう家の中にいたし、勝手口から車路を通ってあんたの家のお勝手に入ったの。だから知らなかったわよ！　彼、今日一日これにかかりきりだったに違いないわ」

「これって――」ジェーンは、ジョンソン家を形容するたった一つの言葉を探した。「――すごい！　とんでもないけど、すごい」

ジェーンの家の玄関がバタンと開いて、子供たちのうち二人が飛び出してきた。十六歳になる娘のケイティは、ぱっと足をとめた。「ばっかみた——おっと。ごめん、ママ」隣の家の様子に、眼を皿のようにしている。「ジェニーと電話で喋ってたら、すさまじい音がしたから……」声が次第に小さくなる。

七年生で、身長が姉をわずかに越したばかりのトッドは、隣家を見てにっと笑った。「おっどろいたなあ！」

ジェーンは通りに眼をやった。あちこちで玄関ポーチの明かりが点いていて、人々が階段まで出てきている。セーターやコートをあわてて着てきた様子で、ジョンソン家をまじまじと見ている。誰かが屋根を指さしたので、ジェーンも見あげ、それからシェリイの腕を摑んだ。

「シェリイ、あの屋根のとこ——」

家のてっぺん、二つの屋根窓つきの切妻の間に、実物大のキリスト生誕の光景が再現されているのだった。ヨセフにマリア、赤ん坊のイエス・キリスト、三賢者、羊飼いたち、二頭の羊。小さめのラクダは、別の舞台セットのもののようだ。それらの人形《ひとがた》や動物形はうまいこと色のついたプラスチックで、内側から電気で照らされている。ジェーンがこれまでに眼にした中で、最も醜悪なものであるのは間違いない。

隣家の前に数台の車がとまり、中の人たちがあっけに取られてその陳列品を見ていた。

ビリー・ジョーが、ジェーンとシェリイに手まねきをしている。「あんたら、みんなで正面から見においで」と叫ぶ。

断るのは不作法というもの。だが、二人は急ぎはしなかった。夫婦のところまで行くと、ビリー・ジョーが手を伸ばし、シェリイと握手した。スロット・マシンのハンドルのように、腕を上下に振って。「ビリー・ジョー・ジョンソンだ。これは家内のティファニー・アン。友達にはティフで通ってる」

「はじめまして」シェリイは言い、彼からそっと手をほどこうとする。「あたしは——」気持ちを静め、自分の名を思い出そうとするかのように口ごもる。「あたしはシェリイ・ノワック。ジェーンの家の反対隣に住んでます」

「手を放したげな、ビリー・ジョー」ティファニーが言った。「会えて嬉しいよ、シェリイ。あんた、どう思う?」

「何をです?」シェリイは訊いた。

ティファニーは楽しげに笑った。「そりゃ、この家のことに決まってる。最高だろ?」

シェリイの口は動くが、言葉が出てこない。ジェーンが助け船を出した。「全く——たいしたものです。あんなにいろいろ——あって。それと音楽も。ああ、ほんとに」

礼儀を尽くそうとするはかない努力だったが、ビリー・ジョーとティファニーはそれを褒め言葉と受け取り、にっこり笑い合った。

警察車両がジョンソン家の車路に入り、つややかなブロンドの髪をすっきりシニョンにまとめた若い女性警官がおりてきて、ぎくりとした様子でいっときその家に見入り、それからビリー・ジョーに近づいた。「こんにちは、みなさん」驚きからくる大きな笑みを見せる。「この住所で騒音がしていると通報があったんです」

ビリー・ジョーは名乗り、他の者を紹介してから言った。「あれは俺の音響システムだ。ちょっと大きく鳴らしすぎたかもしれない。いささか耳が遠いのでね、気づかなかった。だけどティフに言われちまった。鼓膜を吹き飛ばされかけたって！」気のきいた表現だとばかりにけたたましく笑う。「たいしたもんだと思わんかい？」

ジェーンは、にわかにやさしさに似た感情に包み込まれた。この人たちは、自分たちが芸術作品を作りあげたと信じきっている。それを誇らしく思い、みんなが喜んでくれるものと思っているのだ。「あたし、すばらしいと思います」ジェーンはよかれと思い、ついうそを口にしていた。「ほんとに、すばらしいわ」

ビリー・ジョーは誇らしさで得意になった。ティファニーはにたっと笑う。シェリイは、ジェーンを初めて見るもののように、とても信じられないと言いたげな眼で見ている。

「どうか音量を落としたままにしてください、ミスター・ジョンソン」警官は言った。「では楽しいクリスマスを、みなさん」車に乗り込み、やれやれと首を振りながら笑みを浮かべ、車路をバックで出ていく。

ビリー・ジョーが休日のパンチはいかがかと、ジェーンとシェリイを家へ誘った。「お子さんたちも連れておいでなさい」

「お受けできないんです」ジェーンは言った。「オーブンにクッキーを入れたまんまで、もう焦げてるでしょう。シェリイは砂糖衣の飾りつけを手伝ってくれてるんです。明日では？」

二人がジェフリイ家の玄関まで戻ると、ケイティの姿はなかったが、トッドはまだそこに立ったまんま、つぶやいていた。「すっごいや」

「あんなもの、夢にも考えないことね、トッド」ジェーンは言った。「うちはああいうことはやらないから。クリスマス・ツリーと趣味のよいリースを一つか二つ、あとは外の木に少しだけ電球をかけるくらい。それだけよ！」

「でも、ママちゃん、ああいう家が二軒続いたとこをちょっと想像してみてよ。それに、ミセス・ノワックのとことで三軒になったらさ」笑いの交じった高い声になる。「最高じゃん！」

三人は家の中へ入り、トッドは二階への階段をはずむように上がりながら、友達のエリオットに見にくるように言いたいから、電話を切ってよとケイティに叫んだ。

「あれがすばらしいって？」シェリイが、この世の終わりのような声で言った。

「ううん、ぞっとしないよ。でもあの人たち、あんなに誇らしげなんだもん」ジェーンは身震いしながら言った。「でね、なんだか急に、一羽の醜いアヒルの子をなぐさめる母鳥の気分になっちゃって。ああ、シェリイ、あの夫婦が永遠にここにいることに決めたらどうしよう？あそこ貸家だけど、借家人が何年も、何十年も居坐るってこともあるみたいだし」

シェリイはちょっと考えた。「二人を殺すか――あたしたちが自殺するか――あるいは引っ越すかだわね。マンション住まいを考えてみる時期かもしれない」

ジェーンが冷蔵庫をかき回し、夕食にするものはないかと材料をあさっていた時、玄関の呼び鈴が鳴った。近所のシャロン・ウィルハイトがポーチに立っていた。「パーティの準備で、何かお手伝いすることはないかと思って」シャロンは言った。「続けざまに二つもやる羽目になるなんて、どういうだまされかたをしたの？」

「その点はまだ分析中よ、シャロン。さあ入って、夕食に何を作ったらいいか教えてよ」

「力になれないわ、残念だけど。わたし、料理はほぼ全くしないから」シャロンは言って、コートを脱ぎながら、ジェーンのあとからキッチンへ入る。彼女はブロンドで背が低く、ぽっちゃり気味であるものの、ひじょうにおしゃれで、一部の隙もない装いをしている。三十歳くらいだろうかと、ジェーンは思っていた。

管轄外区域でも見る眼で、シャロンはキッチンを見回した。「わたし、料理をする時間も腕もないからいつも外食なんだけど、飲み物だったらうまくやれるわ」

「飲み物！」ジェーンは叫んでいた。「せいぜいコーヒーくらいしか、考えてなかった！」

「じゃあ、わたしがワインを持ってくる」

ほんの数軒先に何年も住んでいるのに、ジェーンはシャロンのことをあまりよく知らなかった。だが、好感を持っていることに変わりはない。彼女は近所では数少ない、子供のいない自立した独身女性だ。財産法が専門の弁護士であり、シカゴまで通勤しているから、あまりこの町にはいない。収入があるので掃除のヘルパーや庭師を、それに冬の間は車路の雪かき人を雇うこともできる。それでも、この小さなコミュニティに関わろうと努力して、教会の聖歌隊の一員として歌ったり、町議会で彼女が専門とする問題が持ちあがれば、ボランティアで時間を割いたりしている。

「夕食までいたら?」ジェーンは申し出た。「特別なものはないけど」

シャロンは首を振った。「中華料理の出前を注文してあるの。そろそろ家に帰って、待ってなきゃ。ナプキンとかテーブルクロスとかカトラリーとか、その他に料理する必要のないもの、ほんとにいらない?」

シャロンが行ってしまうと、ジェーンは子供たちの夕食を用意し、自分はサンドイッチとマカロニ・チーズグラタンを食べ、クッキーを焼き続け、やっておかなくてはならない大量の洗濯物の一部に取りかかった。トッドは、しきりに〝大吸入〟と呼び続ける掃除機に新しい紙パックを取りつけ、翌朝の長距離掃除機かけに備えた。ケイティも手伝い、電話との関わりを断ったまる一時間を使って、客用の浴室をすみずみまで掃除した。あまりにも意外な協力や徹底ぶりに、ジェーンは起立してその奇蹟を称賛したくなるほどだった。

ジェーンは母親に言われたことがある。娘というものは、そばにいるのが楽しくなる頃に、いなくなってしまうものだと。その言葉の真実が、今見えかけていた。数年もの間、常に泣いたり言い争ったり、ホルモンの影響で怒りくるったりしたあとで、ケイティはとてもすてきな若い女性へとしだいに変わりつつあるのだ。そしてあと二年とたたないうちに、大学へと巣立ってしまう。

しっかりすんのよ、ばかね。ジェーンは厳しく自分に言い聞かせた。クリスマスの時期になると、意気地のない泣きべそかきになるんだから。

ビリー・ジョー・ジョンソンが、また音楽をかけるようになっていたのも、よくなかった。音量は耳がおかしくなるほどではなかったが、家の中にいても歌詞ははっきり聞き取れたし、外に出れば耐えられない大きさだろうと思われた。それでも、ジェーンは聞きおぼえのある曲をハミングしながら、デイト・ロールクッキー（刻んだナツメ入りの生地を丸めて、焼いてから切り分けたもの）の最後のひと焼きを完成させて、この日焼きあげたぶんを蓋つきのプラスチックの箱に詰め始めた。靴やセーターをしまおうと思っていた箱だったが、クッキーを入れておくのにぴったりなのだ。床はまだにちゃにちゃする。砂糖衣のついた髪には、うっかりしたことに、小麦粉まで加わっていた。

その時、シェリイ独特のノックの音がした。ジェーンがドアを開けると、シェリイが倒れ込むように入ってきた。「ポールの姉のコンスタンツァがうちへ向かってるの。ここに隠れてていい？」

「もちろん。でもあたし、これからシャワーを浴びるつもりなんだけど」

「浴びなさい。なんなら、ゆっくりお湯に浸かってきなさいよ。あんたは絶対そうする必要がある。あたしはクッキーを食べて、テレビを見て、コンスタンツァが帰ったら、勝手に出てくから」

「じゃあ、あたしとのきらきらした友情のために来たんじゃないわけ？」

「からかってるのね」シェリイはコートとブーツを脱ぎながら言った。「お風呂に行きなさいってば。とにかく！」

ジェーンはシェリイの忠告に従い、ぞんぶんにお湯に浸かって、特別な時のためにとうんと残しておいた、ジャスミンの香りの高価なバスソルトを使い果たした。特別よい日なんかではぜんぜんなかったが、ご褒美が必要だったので。

半時間後にジェーンが一階に戻ってみると、シェリイは帰ってしまっていて、キッチンは染み一つない清潔さだった。床はぴかぴかだし、電化製品はきらきら、何もかも片づけられて、食器洗い機がふんふん歌っている。ジェーンは声をあげて笑った。シェリイは散らかっているのが我慢ならない。たとえ人のところだって、耐えられないのだ。冷蔵庫のドアにかかった小さな黒板に、こんなメモがあった。〈食器洗い機用洗剤とタイル用洗剤がもうないわよ。十個ばかり、クッキーをちょろまかした。Sより〉

ジェーンはふらりと居間へ入って、髪を梳《と》かしながらテレビを見ているうち、ソファで眠りこけそうになった。大変な一日だった。明日はもっと大変だろう。足を引きずるようにして二階へ上がり、洗いたてのシーツに抱きついた。しばらく本を読もうとしたが、あきらめて明かりを消した。

だが、部屋が暗くならない。

ジェーンはとまどい、上半身を起こした。そして気づいたのは、寝室の一方の窓がジョンソン家に向き合っているせいで、あの夫婦のまばゆい電飾の明かりが、まるで昼日中のように寝室を照らしているということだった。彼女はよろよろと歩いていき、シェードをおろした。ほとんど役に立たない。カーテンも引いてみた。少しはましだ。明日にでも、厚い裏地のついたやつを新しく買わないと。すてき。やるべきことが一つふえたってわけだ！　このぶんだと、うんざりする用事全部を把握しておくのに、じきに秘書を雇うはめになる。

ベッドへ戻ったジェーンは、『神の御子は今宵しも』が流れている途中で、眠りに落ちた。

3

翌朝、ジェーンは早起きをして、さらに少し掃除までしてから、トッドとケイティを起こした。雲は消えていて、すばらしい天気だ。やだ。これじゃ、学校までケイティに運転させなきゃならない。娘はすでに仮免許証をもらっていて、機会さえあればハンドルを握りたがるのであるが、今のところ、運転できるのは乾いた道路だけ、というのがルールだった。雪や雨の中の運転の厳しさなんぞ、まだ教える気力はない。それでもケイティに教えるのは、マイクを教えた時よりは楽だった。一つには、いずれケイティにも教える心積もりができていたからだ。マイクの場合は、その義務を果たすものと思っていた父親が、運転を教えるべき時が来る前に交通事故で逝ってしまったのだから。

マイクは歩道に執着するたちで、数々の郵便箱やジョギングをする人たちをはね飛ばしそうになりながら、やっと車の走るべき位置を知るのだった。ケイティは道路の正しい位置に車を走らせるし、スピードを出したがってもいないようだ。ただし、車そのものについて、手厳しく不満を言い続ける。ジェーンはそんな娘を責められなかった。くたびれた旧《ふる》いステーション・ワゴンは、確かにみっともないからだ。もう十年物だし、その間、数限りない送迎当番に引きずり回されてきた――幼い子供たちは後部座席ではね回り、大きな子供たちはマットにポテトチップやガムを落っことし、時にはジュースをこぼしてくれる。外観だって無事ではすまない。車路《くるまみち》の一番はじにあるくぼみにはまらないよう、ジェーンはうまくよけたものだが、くぼみはしだいしだいに広い穴ぼことなって、時折車台をこすった。車一台より、数十本マフラーを買うほうが高くつくんではないかしらと、ジェーンは思う。

「今日は運転していいよね？」ケイティはキッチンへ入りながら言った。「うわあ、ひえっ！ キッチンどうしちゃったの？ きれいじゃん」

「ミセス・ノワックが、ゆうべ不意打ちできれいにしてくれたの。とっても嬉しい不意打ち」

ジェーンは正直に言う。

「あたしもそんな友達欲しい。ジェニーを言いくるめて、あたしの部屋を掃除させられないかな」

「それはどうだか。ミセス・ノワックが家を留守にしていたまる一週間、あたしが彼女の犬の面倒を見てあげたの、あんたおぼえてるわよね。ジェニーだったら、もっと大きな見返りを要求するかもよ。トッド！ ちょっと待って」キッチンへ入ってきて、冷蔵庫に近づくトッドに声をかける。「ひとしずくでも、ひとかけらでもこぼしてごらん、投票のできる歳になるまでここから出してやらないから」

トッドは驚いた様子であたりを見回した。「へえっ、ここきれいじゃん！」

「そこまで驚いてみせなくたっていいでしょ」ジェーンはぶつくさ言う。テーブルの下にビニールシートを敷いておくべきだろうか。

ジェーンがケイティを学校へ送って帰ってくると、今日の送迎当番の車がトッドをすでに乗せていったあとであり、彼がちゃんと警告を受けとめていたのを知って安堵した。テーブルに牛乳パックが置きっぱなしの他は、キッチンはしみ一つないままだ。彼女はシェリイに電話をかけ、掃除してくれたことに感情をほとばしらせて礼を言った。

「もう、ジェーンったら、大げさよ。あたしの一番深くて暗い秘密は、きれい好きだってこと、あんたも知ってるじゃない。だけど、他の人には言わないでよ。あと手伝うこと、なんかある？」

「ううん、自分でなんとかなりそう。家の中のことでやっとくべきことは、リストにしたから」

「あんたお得意のリストね！」シェリイは笑った。ジェーンは病的なくらいのリスト作りたがり屋で、たった一つの仕事をわざわざいくつにも分け、チェック項目をふやして、達成感を大きくするなんてことはしょっちゅうだ。時にはリストにないことをやるのも、その行為をリストに加え、線で消し去るのが本当の目的だったりする。

「リストがなかったら、ふぬけみたいに坐り込んで、何してたらいいんだろうかって考えてるだけだもん」ジェーンは言った。「でもこれで、項目を消す作業に取りかかれる。またあとで話そう」
聖歌合唱の集まりは明日の晩なので、ジェーンは二日で準備しなければならない。家を掃除するのと、クリスマスの飾りつけをひっぱり出すのが最初の仕事だが、買い物と料理もしなくてはならないし、請求書の支払いとか子供の送迎当番とか、時間を食う日常の用事もある。ジェーンが、わざと姿を消したトイレブラシを探していた時、玄関の呼び鈴が鳴った。

ジュリー・ニュートンが玄関ポーチに立ち、ジョンソン家を見つめていた。そこの光景に仰天して、

「派手でしょ?」ジェーンがドアを開けたのにも気づいていない。

ジュリーはぎょっとして、あえぎながら言う。「こんな――こんなのって初めて見た」

「凍えないうちに入って」

ジュリーは言われるままジェーンについていき、キッチンへ入った。「すごくわくわくすることを伝えにきたの」言いながらコートとボンボンのついたニット帽を脱ぎ、優雅な仕草でさっと髪に手ぐしを入れ、ふわっとさせる。ジュリー・ニュートンって、一生かわいいままなんだろうなと、ジェーンは思った。はつらつとしたタイプの女性で、いつまでも老けない気がする。微笑むと目じりに皺ができるが、いつ見てもそんなふうだし、いっときもじっとしていない。話す時は、髪をふわふわにさせたり、熱心に身振りを加えたりするし、椅子に坐っている時は、片脚を揺らす。歩く時ともなれば、それこそ飛び跳ねそうな勢い。常にエネルギーの

塊《かたまり》だ。

お茶がいいか、それともコーヒーがいいかと、ジェーンは飲み物をすすめた。ジュリーはお茶に決め、ジェーンがテーブルに置いたクッキーの皿を見て、歓声をあげた。「もう、あなたったら！　ジェーン、ほんとに気のきく人ね！」

彼女はこうやって、やりたくないことまで人にやらせてしまうんだわと、ジェーンは思う。こうやっておだてて。

「えっと――この緑色のはどういう意味があるの？」ジュリーが尋ねた。

「妖精。あとは訊かないで。あなたのお知らせって何？」

ジュリーは椅子の中で、嬉しそうにもぞもぞ体を動かす。「あのね、ジェーン。とってもすてきなこと！　ランス・キングって誰だか知ってる？」

「ランス・キ――あら、ええ、テレビの消費者問題専門の報道記者よね。それが何か興奮することでもあるの？　誰かに殺されたとか？」

「殺されたかですって？　まあ、ジェーン、それ冗談よね？　ほんとに面白い人！」

「ランス・キングがどうしたのよ？」

「ほら、彼って不正の問題についていろいろ報道しているじゃない。悪徳業者とか詐欺を働く慈善団体とかいろいろ。でもね、時には特別なイベントについて、通常の夜のニュースでもレポートするわ」

「うん、知ってる」

ジュリーは興奮に身震いし、わくわくする喜びで今にもはじけそうだ。「だからね、ジェーン。明日の晩、わたしたちの集まりが、彼の特別なイベントになるってわけ！」嬉しさのあまり声は悲鳴に近い。

「なんですって？」ジェーンは愕然とした。

「そう、本当なのよ。彼、あなたの家からニュース番組のレポーターを務めるの！」

「ああ、そんなことって……」ジェーンは弱々しく言う。

「すばらしいでしょ？　あなたも興奮するのはわかってた」

「ジュリー、そんなことは——」ジェーンは泣きだしそうだ。

「やめて、お礼なんて無用よ。こっちだって楽しいんだから。わたしはただ興奮を抑えて、自分に言い聞かせたわ。『ジュリー・ニュートン、あなたをとめられるものなんてない。最悪な結果となっても、彼にノーと言われるだけよ』って。それからテレビ局に電話をかけたら、なんと彼につないでもらえたじゃない。それで彼に、ご近所での聖歌の集いの話をして、提案まてしたのよ。悪事より、何かうまくいったことを明らかにするニュースを伝えれば、すてきな変化になるんじゃないかって。だから、ご近所の人たちのことをいろいろと話したの。どんなにすてきで楽しい人たちかってこと——」

「あたしたちのことを、いろいろと彼に喋った？」ジェーンは訊いた。

考えるだけで、胃が痛くなる。ジェーンは、他の多くの人たちと同じく、テレビカメラの前に立つ者の中で、ランス・キングこそ飛びきり忌むべき人間であると思っている。彼は急襲の達人であり、カメラ・チームを率いて無防備な人々の家や会社へ押しかけ、「あなたはいまだに奥さんを殴り続けているのか」などという質問を投げつけて、下品な表現に関する連邦通信委員会規則に引っかからないぎりぎりの言葉で、気の毒な人々を責めたてるのだ。相手にしているのが、正真正銘の悪党や詐欺師だけなら、それほど不愉快に感じないのかもしれない。しかしえてして彼の告発は、全くの見当違いだった。その場合は一週間後に戻ってきて、まあまあとばかりに謝るのだが、無礼な態度は最初の取材の時とまるきり変わらない。

新聞記事によると、彼の地元テレビ局は常におびただしい件数の名誉毀損訴訟を起こされ、そのほとんどで負けているという。いや、より正確には、テレビ局と契約している保険会社が負けているのだ。ついひと月前のこと、保険会社がテレビ局の保険の引き受けをおりようとしているという記事が出ていた。ところがテレビ局は、責められるべきは保険会社の無能な弁護士たちであると主張し、当の保険会社を訴えたという。裁判となった時、裁判官はテレビ局の訴えを認める判決を下した。その記事を書いた新聞記者は、地雷原にいる古参兵士のように名誉毀損法を巧みにかいくぐり、テレビ局寄りの判決を下さなければ、ランス・キングに何をされるかと裁判官がおそれていたことを、そう言いきることなしににおわせていた。テレビ局の担当部長の言葉がこう引用されていた。きら星のごとくいる優秀な報道記者の中で、ランス・

キングはひときわ明るく輝く星であり、彼の報道は正当かつ必要な公共サービスである……とかなんとか。言い換えれば、彼は点取り虫だということで、もし保険が無効になっていれば、詰め腹を切らされていただろうとジェーンは思う。

それなのに、愛すべきキュートで陽気なおばかのジュリー・ニュートンは、この界隈の聖歌の集いのことをランス・キングにペラペラ喋って、隣人たちについての興味深いあれこれを教えたに違いない。それより何より最悪なのは、ジェーンの家に彼を招待したことだ。

「ジュリー」ジェーンは彼女の向かいに腰をおろし、冷ややかな眼でじっと見つめた。「彼を招くのはやめてもらうわ。あたしの家に、あの男は入れない」

ジュリーは椅子の中で体をはずませるのをやめた。しばらくたってから言う。「まあ、ジェーン、また冗談ね!」嬉しそうな子犬のように身をよじる。

ジェーンはきっぱり言った。「冗談なんかじゃないの、ジュリー。あなたには彼に電話をかけ直して、説明してもらう。聖歌の集いの主催者に前もって確認し忘れていて、もうこれ以上の人は――彼や彼のスタッフたちは、家に入らないと言われたってね」

「ジェーン、そんなことできないわ」

「やらなくちゃならないの。でないと、聖歌を歌ったあとのパーティは中止にするって、あたしみんなに言う。なんなら、あなたの家でしてもらってもいいけど」

「だめ、できない。キッチンがないの。リフォームしてるんだけど、ブルースがまだ完成させてないのよ」ジュリーは一瞬、ぴたりと動きをとめた。「彼、あなたの名前と住所を知ってるわ。ランス・キングのことよ。ごめんなさい、ジェーン、でもどこでパーティがあるんだ、その日は早めに行ってカメラをセットしたいからって彼に訊かれたのよ。彼女の家には入れてもらえないのよって言ったら、彼、あなたにだってすごく腹を立てるわ」

「すごく腹を立てたって、あたしはかまわない」ジェーンは言った。

「本気なの？」ジュリーが訊いた。

「どうしたらいい？」半時間後、ジェーンはシェリイに尋ねていた。アドバイスを求めるジェーンのあわてふためいた電話にシェリイは即座に応え、事情を呑み込もうと両家の車路を突っ切ってきたのだ。「胸糞悪い人間だからという以前に、ジュリーはわたしの家に知らない人間を招き入れる筋合いにはないのよ」

「そうそう。でもさしあたっての問題は、彼をどう排除するかよ」シェリイが言った。

「来るのを拒んだら、彼は侮辱されたと腹を立てるだろうし、あの男だけは敵に回したくない。とはいっても、あたしの家に入れるなんて、考えただけで胃が疼《うず》いちゃう。あの男のぞっとしない振る舞いに、いくらかでも賛同しているかのように、みんなに思われる」

「突然、とてつもなく感染力の強い重い病気にかかったことにすればいいかも」シェリイが提案した。

ジェーンは首を振った。「だめ、誰も信じないよ。それに同じ問題を、結局近所の誰かに押しつけることになる。しかも、天然痘だかコレラだか知らないけど、病気のせいでその人たちの手伝いすらできやしない」

シェリイはコーヒーをひと口飲んだ。「あたしもさ、いつだって解決策を持っているお隣の知恵者でいたいのはやまやまだけど、これに関しちゃお手上げ。あんた、ジュリーにあとをどう委《まか》せたの？」

「ぎゅうぎゅう絞りあげたあと、どうしたかってこと？　誰かの頭をあんなに殴りつけてやりたかったことってないわ。一時間、考える時間をちょうだいって言ってある」

呼び鈴が鳴り、ジェーンが出ると、ブルース・パージターが玄関先に立っていた。ひどくうろたえた様子だ。

彼が自己紹介をしたので、ジェーンは言った。「あなたのことは知ってるわ、ブルース。ほら、食料品室に新しい棚を取りつけてくれたじゃない。寒いからどうぞ入って」

「おぼえているよ。でもあなたがおぼえているか、わからなかったからね」

ブルースはがっしりした赤ら顔の男で、三十歳くらいだろうかとジェーンは思っていた。同じ区画の反対側の角に、未亡人の母親と暮らしている。ほぼあらゆるものの修理、修繕、改修の名人だ。近所の人たちは、たいてい一度や二度は彼の腕に助けられている。彼が近所にいる利点の一つは、いつでも陽気で礼儀正しく、ひじょうにセンスがよいことだ。家の持ち主に対して、少しも礼を失することなく、彼らの思いつきのばかさかげんを悟らせることができる。ところがこの日の彼は、ちっとも陽気には見えなかった。というより、ひどく動揺しているようだった。

「こんにちは、ブルース」二人が居間に入ると、シェリイが声をかけた。「ずっとあなたに言おうと思ってたのよ、家族室の床のぐあいにとても満足してるって。正方形のより、細長い板にしたほうがいいとあなたが説得してくれて、本当によかった」

「テープレコーダーを回してないのが残念ね、ブルース」ジェーンは笑いながら言う。「自分が間違ってて、他の誰かが正しいなんてシェリイが認めるのを、聞いた人は滅多にいないもの」

ところが、ブルース・パージターは弱々しげに微笑むだけだった。「ジェーン、あなたにあることを用心するよう言っておきたいんだ。それに頼みがある。今、ジュリー・ニュートンの家のキッチンの仕事をしているんだけど、今朝彼女が電話で喋っているのが、いやでも耳に入ってしまったんだ。彼女がランス・キングを聖歌の集いに招待したのを知ってるかい?」

「残念ながら、知ってる。そのことをどうしたらいいか、ちょうどシェリイと考えてたところよ」

ブルースは険しい顔をしてみせた。「ジェーン、幸せな生活が大事なら、あんな——あんな人間をあなたの家に入れちゃいけない。本当だよ、死ぬまでこのことを後悔する羽目になるから。彼はこの世で最も邪悪な人間だ」

4

ブルースとランス・キングとの接点は、ずいぶん昔のことで、その当時二人が住んでいたケンタッキーにおいてのことだとわかった。

「カルスト地形って、聞いたことがあるかな？」ブルースが訊いた。

「洞窟に関係あるのよね？」ジェーンは言った。

シェリイは驚いたようだ。「あんたが知ってるわけのわかんない断片情報の量には、驚かされっぱなしだわ、ジェーン」

「大学時代の地質学のおかげ」ジェーンは言った。「好きだったの」

ブルースが説明を買って出た。「ごく簡単に言うと、カルスト地形っていうのは、地表の下に石灰岩の基岩がある場所のことなんだ。地下水が大量にあると、それが時間をかけて石灰岩を浸蝕し、洞窟を作る。浸蝕しすぎると、洞窟の天井が崩落して陥没穴ができることもある。この国の中部地域のおおかたは、石灰岩の基岩があるけど、陥没穴ができているのはその一部だよ。ケンタッキー州もその一つ」

「そのことがランス・キングと関係あるの？」シェリイは訊いた。

「大いにあるのさ。ぼくの父は、ルーイヴィル郊外の建築業者だった。父が小さな一区画に八軒だったか九軒だったか家を建てて、最後の一軒が完成しようとしていた時、最初に建てた家が陥没穴に落ちた。家そのものの重量がかかって洞窟の天井を崩落させ、一軒まるごと穴に落ちたんだ」

「まあ、なんてこと！」ジェーンは叫んだ。「その家の下に大きな穴があるってこと、誰かが知っとくべきでしょ？」

ブルースはうなずいた。「ああ、そうとも。まともな考えの人間なら、徹底的な地質調査をしないであああいう地帯に家を建てたりしない。父も調査の人間を雇い、そこは揺るぎない地盤だと保証してもらってたんだ」

「ランス・キング、じきにこの話に登場してきそうな予感」シェリイが言った。

「まあね」ブルースは言った。「だけど、ただその家を失うより、あれはずっとひどいことだった」表情をいちだんと曇らせる。「事が起こったのは早朝で、女の人と二ヶ月の赤ん坊がその家で眠っていた。二人とも死んだ。家が崩れ落ち、押し潰されて」

ジェーンとシェリイはなんとか恐怖のあえぎをこらえようとするが、うまくいかなかった。

ブルースはため息をついた。「きっと父は、いっそそれが自分であったらと思っただろう。知らせを聞いて、父は精神が折れかけていた。父が生きていられたのは、ひとえに、物事に立ち向かうピューリタンの旧《ふる》い倫理観があったからでね。もちろん、そこへランス・キングが現れたわけだ。大学を出て初めての仕事に就いたばかりの彼は、その悲劇を聞きつけ、凶暴なクズリのごとく父を追い回した。一週間、ほぼ毎晩父のことを報道し続けた。父が家を建てた他の人たちを訪ね回り、彼らを死ぬほど怖がらせ、口を揃えて父を人殺しだと言うように仕向けた――くそう、ひどすぎる」

「ご家族もお気の毒に」ジェーンはそっと言う。

「責任を負うべきは地質調査員たちだということを、ランスははなから知ってたんだ。ところが彼らは遠方の人間だし、地元には責めるべき人間が一人もいなかった。悲嘆と自責の念からすでに心が壊れる寸前だった、一人の正直者の地元民だってそうだ。ランスは近くをうろつき、実際の父より写りの悪い写真を手に入れて、それらをニュースで流し続け、いとけないかわいそうな赤ん坊のことを騒ぎたてた……まあ、ここで活動中の彼の様子は、あなたたちも眼にしてるよね」

「虫唾《むしず》が走ることにね」シェリイが言った。

「あれでキングは出世した。同時に、父を徹底的に破滅させた。父の評判は、あの家や人々もろとも、穴底に落ちたんだ。中には……」ブルースは口ごもり、咳払いをしてから言葉を継ぐ。

「中には、通りで父に唾を吐きかけた者もいた」

ブルースの声は震え、眼には涙が光っていた。

三人とも一瞬黙り込み、そのひどい辱《はずかし》めを消化しようとする。やっとシェリイが訊いた。

「だから、ご家族でこちらに引っ越してきたの？」

　ブルースは端のほつれた大きなハンカチをひっぱり出し、鼻と眼とをぬぐった。「父には、シカゴに妹と弟がいてね。だから母と共にここへ引っ越し――ぼくはケンタッキーの大学を卒業してから両親のもとへ来た。父はやり直すつもりだったけど、心も神経もずたずただった。父は本当に、すごくいい人間だったんだ。こっちへ来た時、神経をやられてしばらく入院した。それから健康状態が衰え始めた。三年後に死んだよ」

「あたしの心も引き裂かれそうよ、ブルース」ジェーンは言った。

　彼は見るからに当惑した。「申し訳ない。ぼくはこの話を触れ回ったりはしないけど、あなたは知っておくべきだと思ったんです。他言はしないでもらえると、ありがたい。ランス・キングには、自分が何者であるかを知られるだけでも、ひどく危険だから。破滅させてやれる人間がいないか、彼は常に眼を光らせている。その道の達人だ。自分を正しいもの、善なるもの全ての救世主かのように見せかけ、その一方で、全くの無辜《むこ》の人々が、人生をめちゃくちゃにされるんだ。彼はぼくの父を殺した。あれは長きにわたって痛めつけられたあげくの死だった」

「もう我慢できないよ、シェリイ。ランス・キングは人間のくずそのもので、彼なんか入れたら我が家は汚染される」まるでメロドラマのせりふだと自覚しつつも、ジェーンはかまっていられなかった。

シェリイが穏やかに言う。「断ったら、あんたとジュリーは彼に攻撃されることになるよね」

「シェリイ、あたしの対応が間違いだっていうの？」

「ぜんぜん。あたしだって同じことするもん。でもどういう結果になりうるかは、考えとかなくちゃ」

「ジュリーがどんな目に遭ったって、あたしの知ったことじゃない。そもそも彼女のせいなんだから。それに、彼があたしに手出しできるようなことは何もないよ。後ろ暗い秘密なんか、あたしには一つもないもんね」ジェーンは微笑んだ。「そういうのがあればと思ったりするくらい。もっとずっと面白い人間になれそうだから」

「ジェーン、ブルースのお父さんにだって、暗い秘密はなかったよ」シェリイは思い出させた。

「何かをでっちあげるくらい、ランス・キングには平気の平左」

ジェーンはがっくりきて、腰をおろした。「わかってる。でもこれは信条の問題よ。ブルースの言う通り、ランス・キングは邪悪だわ。確信的で冷酷な邪悪さ。あの男を家に入れたら、彼を認めているように思われる。そんなことをして、ブルースのようないい人を裏切るような真似、あたしにはできない。心が揺らがないうちに、ジュリーに電話する」

ジェーンの最後通告に、ジュリーは打ちのめされた。声が震え、泣きだしそうだったが、それでもランス・キングに電話をかけて、訪問取材を断ることに同意した。ものの十分で、ジュリーは陽気にはつらつとジェーンに電話をかけ直してきた。「大丈夫よ。彼、とってもよく理解してくれたわ、ジェーン。間際になってテレビ局の人間たちが大きな負担になるのは、わかるからって」

　ジェーンは啞然とした。「彼とじかに話して、そんなふうに言われたの?」

「ええ、とても思いやりがあって、ちゃんと察してくれたわ。すごくほっとしちゃった。ほんとにごめんなさいね、よく考えもしないで行動して、こんなややこしいことになっちゃって。でも、もう全てうまく解決したから」

　いっそうの不安をおぼえ、ジェーンは電話を切った。こんなの、ぜんぜんランス・キングらしくない。彼が人知れず思いやりのある紳士だなどとは、とても信じられない。だからって、何ができる? 彼は手を引き、退場して問題を起こすのをやめたのだ。

ありえない、とジェーンは自分に言い聞かせた。絶対に。

　ジェーンはそれからお昼までと、午後の半分をかけて、クリスマスの飾りつけを取り出した。プラスチックでできた金宝樹《きんぽうじゅ》(通称ブラシの木。ブラシによく似た赤い花をつけることから)をまず一番に。プラスチックの木はいやなのだが、本物だと彼女は蕁《じん》麻《ま》疹《しん》が出てしまう。地下室で大きな段ボール箱からさまざまなパーツをひっぱり出し、組み立てて、それから照明に取りかかった。

　クリスマスの照明のコードとは奇妙で、いらだつものだ。毎年一月、コードを片づける時、ジェーンは一つ一つを個別に巻いて輪ゴムをかけ、薄紙で包んでおく。なのに毎年取り出す時には、どうしようもなくからまっているのだ。夏の間に、お互いに何やら不道徳でみだらなことでもしているに違いない。でなければ、ジェーンの二匹の猫マックスとミャーオが、箱の中で楽しく遊んでいるのだろう。こっちの考えのほうがよほど現実的だが、面白みには欠ける。

お次はツリーの飾りつけだ。これをすると、いつも感傷的になる。どの飾りにも、彼女にとって大切な意味があるからだ。お気に入りのうち、きらきらのボールは小学一年生だったマイクが絵を描いたもの、どんどん破れてきているが、まだ手と手をつないでつながっている紙の雪だるまたちは、トッドが紙を切り抜いて作ったもの、花嫁花婿をかたどった小さな陶器は、結婚した年にジェーンの母親が送ってきてくれたもの、ミニチュアの壊れやすいスイス製置時計は、シェリイにもらったもの。それから、鳥の巣。

鳥の巣を見て、ジェーンは本当に泣きそうになった。ジェーンの夫が死んだ年、呼びかたのみおじさんであるジムが、ジェーンの蕁麻疹を考慮しても、子供たちには本物のツリーが必要だと断言した。そして、ツリーを立てるのもおろすのも自分がするし、ジェーンはさわらなくていいようにするからと、約束した。二人は子供たちに厚着をさせ、ジムの運転でみんなしてツリー農場へ出かけ、もぬけの殻の鳥の巣がかかったツリーを見つけた。巣は丁寧に編まれ、泥で固められていた。ジムおじさんがいつになくひどく感傷的になって、ジェーンと雛鳥のような子供たちについての話をしたものだから、ジェーンは泣いてしまった。それからも、この鳥の巣を取り出すたびに泣いている。

ジェーンが心から大切に思っているその年配の男性は、彼女の両親の旧くからの友人で、夫を亡くした時は親代わりも務めてくれた。彼女の父親は国務省の役人で、その当時ある条約の締結交渉を補助すべくアフリカの小さなコミュニティにいたので、スティーヴが死んで一週間、電話がつながらなかった。だがジムおじさんが——軍を退役し、その後シカゴ市警の警官をしている剛健、頑強なジムおじさんが——そばにいてくれた。

ジェーンは涙をぬぐい、ツリーの飾りつけを終えると、次はイエス降誕場面の小さなセットを組み始めた。幼い頃の子供たちは、この馬小屋のセットで遊ぶのが大好きだった。陶器の羊たちは小さな耳が欠けているし、赤ん坊のイエスは肩にクレヨンの痕があるし、三賢者の一人が乗ったラクダは何年も前に脚が一本取れていて、ジェーンが接着剤でくっつけたところが、妙に歪んでいた。今やラクダは、前かがみで歩く酔っ払いのような姿勢になっていて、背中の賢者が落っこちそうだ。馬小屋の屋根を葺《ふ》いている草は、出したり入れたり、あるいはいじったりしているうちになくなった。それでもジェーンはこのセットを、見映えのよい新しいものに取り替える気はない。

くるみ割り人形が、マントルピースに並んだ。片づければ不運を呼ぶと言われているけど、ジェーンはいつも片づけていたのだ。そのあとパンチ・ボウルとクリスマス・カップ、それからツリーの下に敷くフェルト地のツリー・スカートを取り出す。マイクを産んだ時、姑《しゅうとめ》のセルマが作ってくれたものだ。ジェーンはそのはからいを、初孫を産んで、彼女がついにジェフリイ家の一員になったのだと——不承不承ながら——セルマが認めたしるしだと思ってきた。

ジェーンはサンタ・ボウルに杖形のキャンディを盛って、小さい葉飾りのついた作り物のリースを冷蔵庫のドアに取りつけ、家じゅうに赤と緑の蠟燭を配置した。マイクが大学から帰ってきたら、ミニチュアの電車と村のセットを組み立てさせればいい。昔からのとっておきのその仕事を、マイクは誰にも取られないよう用心していた。ジェーンは去年、教会の工芸品バザーでいくつか買った赤い綴れ織りの靴下を吊るし、クリスマス・アフガンを掲げると、少し後ろへ下がってほれぼれと自分の手仕事を眺めた。まるでそれが合図だったかのように、お隣から音楽が流れ始めた。

『ベツレヘムの小さな町』が百デシベルで。

ジェーンは深々とため息をついた。動き回っていたから、ぞっとしないランス・キングのことも、なんとも奇妙な新しい隣人のことも、この数時間頭から消えていたのだ。現実と現状が割り込んできた今、これからの数日に何が待ち受けているのかと、ジェーンは再び不安に襲われた。

5

ジェーンは家を飛び出し、またクリスマスの買い物をすると、トッドが学校から帰ってプレゼントをこそこそかぎ回らないうちにと、急いで引き返した。自宅のある区画にさしかかった時、見おぼえのある小さな人影が、スクールバスの停留所からとぼとぼ家へと歩いているのが見えた。ジェーンはステーション・ワゴンを歩道に寄せて窓を開け、声をかけた。「乗んなさい、ペット。寒そうよ。あなたの家でおろしてあげるから」

「どうもありがとうございます、ミセス・ジェフリイ。でも歩きます。人の車に乗ってはいけないと、父に言われているので」ペット・ドワイヤーは几帳面な喋りかたで言う。

「きっとお父さんは、知らない人の車って言いたかったのよ、お嬢ちゃん。あたしは知らない人じゃないわ。でも、正しいアドバイスよ。それじゃ、またね」

まだ首を振りふり、くすくす笑いながら、ジェーンは車路《くるまみち》に乗りいれた。ちょうど新聞を取りに出てきたシェリイは、ジェーンについて家の中に入った。「何をにやにやしてんの？　くじにでも当たった？　長いこと行方不明のおばさんから、すばらしい宝石でも相続した？　あんたのお姑《しゅうとめ》さんが、一年間の世界一周の船旅にでも行くことになったとか？」

「ううん、そこまですてきなことじゃない。さっきあのおちびのペット・ドワイヤーに乗っていくよう言ったら、その申し出は受けられないと断られたの。ずいぶん風変わりなおちびさんだわ。あたし、トッドが帰ってくる前に、あの子のプレゼント隠さなきゃ」

ジェーンが地下室へちょっと姿を消し、戻ってくるとシェリイが訊いた。「ペット・ドワイヤーって?」

「パトリシアよ、正式には。ほら、あんたも知ってる子。通りを渡って二、三軒先の家に住んでる。白い窓枠のブルーの家。あの子、週に三度はトッドに会いにきてるの」

「ああ、そうか。トッドはその子のこと好きなの? 二人はいい仲なわけ?」

「ペットのことをどう考えたらいいか、トッドはわかってないと思う。すごく頭がよくて、生真面目で、大人びた話しかたすんの。とても聡明だけど、抑圧されたヴィクトリア時代の子供って感じ。トッドによだれを垂らすわけじゃないから、彼も他の女の子に対するほどはびびってない。それにあの子、ほんとにトッドと同じものが好きみたいなの。ある日なんか、顕微鏡とね、蟻の脚やら蝿の翅《はね》やらどっちかっていうと気持ち悪いものをわんさか持ってきた。あれ以上にトッドを惹きつけるものってないよ。まだ実際のとこ女の子に興味はないし、関心あるふりをするのはカッコつけで、女の子につきまとわれたりすると、どうしていいかわかんないみたいだから」

シェリイはうなずいた。「このあいだ、うちの息子と友達が女性の局部について、おそろしく無礼な言葉を使っているのが聞こえてね。しばらく聞き耳を立ててたら、あの子たちが女の子の髪型のことと勘違いしてるのがわかって。だから、そうじゃないことを、できる限り差し障りのないように説明した。あたしの家で今度そんな言葉を口にしようものなら、誰の子だって口の中を石鹸で洗ってやるとも言っといた」

「本当の意味は教えたの？」

「ええっ、まさか！　家へ帰ったあの子たちが、ミセス・ノワックから汚い言葉を教わってるなんて親に言うとこ想像してごらんよ」

ちょうどその時、トッドがものすごい勢いで家に入ってきた。「ママ、助けてよ！　ペットがさ、うちに向かってる。通りをやってくるのが見えたんだ」

「助けられないわね。　誰の人生にもペットは降りかかるものよ」

「ママ、ぼくは真剣なんだ！　うちに帰るとこを彼女に見られてる。どうしたらいい？」

「やさしくしてあげるの」ジェーンは穏やかに言う。「あんたのハムスターと遊ばせてあげなさい」

「さわらせるとさ、そのたんびに手術の準備するみたいに、あとで手を洗わなくちゃならないんだよ！　ああ、わかった。わかったよ」

数分後、ペットは玄関先にいた。「あなたのお隣の家は、少々けばけばしいですよね、ミセス・ジェフリイ」まるでジェーンのせいでもありそうな言いかただ。

「けばけばしいか」ジェーンは言った。「そうね、すばらしい表現だわ。どうぞ入って、ペット。トッドは今二階に着替えにいったの。キッチンに来て、ミセス・ノワックやわたしと一緒に、ミルクとクッキーをおあがんなさい」

「歯ブラシを持ってこなかったので、お菓子は食べられません」ペットは言った。「でも、とにかくありがとうございます。きっととてもおいしいと思います。それと、食料品店で買ったミルクは飲めません。父は特別なミルクを配達してもらってるんです」

「豆乳か何かかね。あのね、うちにはレモネードとまだ箱に入ったままの余分の歯ブラシもあるの。クッキーを食べたら、歯ブラシも使うといいわ」どうやったら、今の時代の子がここまで礼儀正しく上品になれるのだろう。くすぐったりして、この子は楽しませてやらないと。

「本当にありがとうございます、ミセス・ジェフリイ」

ペットの食べかたも、喋りかたと同じくらい几帳面だった。クッキーを兎のようにちょっとずつかじり、ナプキンを胸の高さに置いて、食べこぼしをひとかけらも落とすまいとする。ペットがトッドと同じ七年生なのをジェーンは知っている。が、ペットは明らかに遅咲きのタイプだ。ひょろっとして胸はぺたんこ、自分よりもっと大きな人の歯を口に詰め込んでいるみたいに見えるし、まだまだ膝小僧の突き出た女の子なのだ。ジェーンはケイティが同じ年齢だった時のことをおぼえている。ケイティの友達の中には、二十五歳のモデルにも見える子たちがいた。でなくても、いい線をいってた。一方、瓶底眼鏡にがちがちの編み込みヘアのペットは、まだまだ先は長いし、全くあせってもいないようだ。

「お母さん、毎朝あなたの髪を編むのにきっとずいぶん時間がかかるわね」ジェーンはレモネードをグラスに注いでやりながら、ペットに言った。

「母はいないんです。自動車事故で死にました」

「まあ、ペット。ほんとにごめんなさい」ジェーンは大声をあげた。「ちっとも知らなくて」

「いいんです。わたし、まだ小さかったので。母のこと、ちゃんとはおぼえてないんです。でも母の写真がたくさんあります。髪は、父が編んでくれるんです」

ジェーンは、またうっかり気まずい質問をするところをトッドに救われた。「あれ、やあ、ペット」まるで彼女がそこにいるのを見て、驚いたような言いかただ。「どうしたの？」

「パパが、ピラミッドのコンピュータ・ゲームをくれたの」ペットは答えた。「あなたも興味があるんじゃないかと思って。サルコファガス（壮麗な装飾をほどこした大理石などの棺）を作ったり、ピラミッドの中で財宝を動かして墓泥棒から逃げたり、ミイラをぐるぐる巻きにしたりできるの」

「地下室のあたしのパソコンにインストールしてほしい？」ジェーンは訊いた。地下に自分の小さな仕事部屋があり、そこで〝永遠に続く小説〟と考えるようになったものに取り組んでいる。四分の三は書けていると思うし、クリスマスが終わったら本気も本気で取りかかるつもりだ。そういえば、去年のクリスマスも同じことを考えていたような。でも少なくとも、あれから二百ページは書き進んでいる。

「インストールのやり方は知ってるんです、ミセス・ジェフリイ。あなたのパソコンに、充分なRAMがありさえすればいいんですけど」

ペットの言動を見ていたジェーンは、なんとなく自分のほうが子供になりたくなった。どうやったらそんなことがわかるのか、教えてもらいたい。危うく「ラム、シュラーム、ビピティ・バム」と呪文を唱え、少女のように笑いそうになったが、こらえてこれだけ答えた。「それはわからないわ、ペット。あなた、パソコンをつけたらわかる？」

「旧《ふる》いコンピュータですか？」ペットは訊いた。

「いいえ、ほんの二、三年前に買ったものよ」

ペットは少しだけ頬を緩めた。「コンピュータとしては、かなり旧いです」

「それじゃ、ノートパソコンを使うといいわ。まだ買って数ヶ月よ。それも地下にあるの」

ペットとトッドは地下室への階段をおりていき、ジェーンはそれを見送って、静かにドアを閉めた。「なんてまあ。かわいそうなおちびちゃん」シェリイに言う。「歯磨きを忘れたのが救いね。たぶんあの子にも、まだ希望はある」

「わかんないよ」シェリイは言った。「そのうち女っぽい体の線とコンタクトを手に入れて、髪なんかおろしてさ、そいでもって紫のスパンコールがついたぴちぴちドレスをまとうブルース・シンガーになるかも」

ジェーンは首を振った。「ううん、もっと度の強い眼鏡かけて、実験用の白衣着て、ポケットプロテクター（ポケットに入れるプラスチック製の筆記具収納ケース。ポケットにさした筆記具のインク漏れでシャツが汚れないようにする）つけてると思う」

「ポケットプロテクター！　ああっ、あの子が誰かやっと思い出した」シェリイは言った。「サム・ドワイヤーって人、あたしと一緒にホールで坐ってたんだ。先週、先生に会いに学校へ行って、同じ時間に待ってたのよ。正真正銘、成人した第一級のオタク。顔はどうしようもなく悪いってわけじゃないけど、見たことないくらい几帳面。髪はとびきり短くて、ペットのくらい分厚い眼鏡かけててさ、ネクタイがすごく細いの。あれは七〇年代からずっと後生大事に持ってたね。彼と話をしようにも、どうにもはずまなくって。要は、あたしと話したくなかったってこと」

「まさか！」ジェーンはにやっと笑う。

「あたしいらいらしちゃって」シェリイは正直に言った。「彼にすごく興味あんのに、あっちは自分のこと、なんにも話そうとしないの」

「親子ともども、紫のスパンコールがついたぴちぴちドレスのブルース・シンガーとつきあう必要があるみたい」

シェリイはもう一枚クッキーをつまむ。「こういうの、癖になるのよね」と不平を言う。「見かけが悪すぎるのが残念。さて、あの時のこと考えてこうしてペットに会ってみると、ますます興味がわいてきた」

「あんたってば、ランス・キング並みに穿鑿《せんさく》好きだね」ジェーンは言った。

シェリイはむっとしたように背筋をそらした。「でも動機は純粋よ、彼と違って。あたしは人の生活を壊したいわけじゃないもの、ただ彼らのことを知りたいだけ。それに、力になれるかもしれないし。この界隈には独身の男性がそうはいないから、あたし考えたのよね、ひょっとしたら、スージー・ウィリアムズが——」

ジェーンは甲高く笑った。「スージー・ウィリアムズ？　彼は全然スージーのタイプじゃなさそうよ！」ジェーンと一緒に、ジョンソン夫妻に会いにいったのがそのスージーだ。彼女は贅沢な暮らしをさせてくれる男と結婚することで、地元のデパートでの下着販売から抜け出したいのだと、あっけらかんと言っている。

シェリイが言った。「スージーのタイプっていうのは、しっかりしたテーブルマナーと、ほれぼれするほどお金がうなってる黒字の小切手帳を持った男なら、なんでもいいの。というか、彼女はそう言ってる」

「たぶん、表向きそう言ってるだけでしょ。スージーは恋をしたいんだと思うけど。まあ見てて。いつか彼女、まっさかさまに恋に落ちるよ。相手は長い髪と、眼のくらみそうな微笑みを持つ、いなせだけどスポンサーのつかないカー・レーサー。でなきゃピザの宣伝に出てくるセクシーな兵士みたいなのと」

「彼女だったら、あのドワイヤー父娘を人間らしくするって思わない？」シェリイが訊いた。

「あの二人を死ぬほど怖がらせると思う。あんただって二人を怖がらせるよ」

「あたしが怖がらせるのは、その必要がある時だけ」シェリイはしたり顔だ。

ジェーンは地下室へのドアを開いていっとき耳を澄まし、聞こえたものに得心してうなずく。

「もっとコーヒーを飲む？」とシェリイに声をかける。

「断固反対ってことはないよ。で、ランス・キングの件はどういう立場を取るわけ？」

「おっと、あんたに話すの忘れてた。今朝ジュリーから電話があってね、招待を取り消すって彼に伝えたら、潔く受け入れたんだって」

二人ともしばらく黙り込み、その間にジェーンはカップにコーヒーを注ぎ直した。「信じない」シェリイは、再び腰をおろしたジェーンに言う。

「あたしは、彼がそう言ったのは信じる」ジェーンは眉をしかめた。「でも本気で言ったとは信じない。きっと役場へ行くか、新聞記事のファイルを当たるか、あたしを破滅させる情報を掘り起こそうとしていろいろやるに違いないよ。なんにも見つかりゃしないのに。あたし、確かに悪いことはたくさんしてるけど、どれも公的記録にはないはずだもん」


ジェーンの息子マイクが、その夜大学から帰省した。明日まで帰ってくる予定ではなかったのだが、電車を組み立てるから早めに帰ると楽しげに言ってきたのだ。ジェーンは反対しようと口を開いたものの、自分はもっと褒められない理由で大学をさぼったことを思い出し、何も言わなかった。

「隣の家、どうしちゃったのさ？」マイクはそう訊きながら、自分の荷物を家へ引きずり込み、居間にどんと置いた。

「新しいお隣さんよ」ジェーンは言った。「クリスマスの大々的な飾りつけをするのに、もう夢中なの。あんた、今すぐ自分のものはちゃんと上へ運びなさいよ。数日間は、この家をきれいなまんまにしておかなきゃ。明日の晩、ご近所で聖歌の集いをやって、そのあとみんなうちへ来るの。で、あさっての午後には、うちでクッキー・パーティを開くから。そのあとは、お祖母ちゃまがディナーに来るクリスマス・イブまではだらだらしてられる」

「クッキー・パーティか。いいじゃん。俺がちっちゃかった頃、そういうパーティにママが行ってたのおぼえてるよ」マイクが言った。「ありとあらゆるおいしいやつが集まったよね。ステンドグラス・クッキー（ドロップが透けて輝いて見えるクッキー）っておぼえてる？　ああいうの作ってみようよ」

「今度あんたが出かける時、ライフ・セイヴァーズ（救命具の形に見えるドロップ・キャンディ）とジンジャーブレッド・ミックスを買ってきて。そしたら作ろう」

「今夜はどう？　俺、晩飯まだだから、ハンバーガーを買いにいきたいんだ。トッドとケイトはどこ？　一緒に連れてくよ」

ジェーンは二階にいるあと二人の子供に大声で呼びかけ、兄弟の再会を見守った。下の二人は、兄への愛情をおおっぴらに見せられる歳ではないが、明らかに兄に会えて喜んでいた。

ケイティは、兄の頬にチュッと音だけのキスをした。

「ねえ！」マイクにぎゅっとハグされて、トッドが声をあげた。「この湿っぽいのはなんなの？　感謝祭にも帰ってきてたじゃん」

「うん、だけどあの時は、プレゼントを持って帰らなかったからさ。俺のがらくた、一緒に上へ運んでくれよ」

ケイティは二人のあとをたどり、どうせ同じほうへ行くんだというふりをしている。ジェーンは三人の会話をちらちらと耳に留め、彼らの背中に呼びかけた。「ケイティ、マイクの友達のことを聞き出そうとするのはやめなさい。大学生にしたら、あんたはデートの相手になんてお呼びじゃないんだから」

「もう、ママってば！」

ジェーンは、いまだぴかぴかのキッチンのまんなかに立った。ランス・キングなんかどうでもいい、お隣からガンガン流れてきて神経に障るレゲエ版『我らは来たりぬ』だって些細なこと。明日のこの時間に最低でも三十人に食事を提供しなくてはならないことすら、たいしたことじゃない。この家にあたしの子供たちがいて、しかも本当にすばらしい子たちなのだから。

これ以上、そうそう人生がよくなるものではない。

6

ところが人生はままならない——実際、翌日はひどく悪化した。

まずは、匿名の手紙が玄関の防風ドアに貼りつけられていたことに始まる。ジェーンは朝刊を取って家に入ろうとした時、それに気づいた。手書きで、鮮やかなピンクの紙にコピーしたもので、〈憂慮する隣人一同〉と署名されていた。

ジェーンの経験からすると、名前を付記しない一同とは、たいてい不満をかかえた一人の臆病者のことだ。

手紙の要点は、ジョンソン家のクリスマス飾りが近所に害をなすということだった。騒音と照明公害を起こしていると。「照明公害?」ジェーンは声をあげ鼻で笑う。そのうえ、と憂慮する隣人は続けていた。噂が広まってこれを見にくる者がどんどんふえれば、交通渋滞を引き起こすだろうから、車の多い通りに慣れていない子供たちの安全を脅《おびや》かし、望ましいとは言えないよそ者を数多く惹きつけることも考えられると。憂慮する隣人一同は、さらには、と政治的公正さの領域にまで論をひろげ、その装飾内容がほぼキリスト教のものであって、ユダヤ教徒、イスラム教徒、無神論者の住人にとっては不愉快である、としていた。憲法で定められた政教分離に対する権利すら侵害しかねない、と。

ジェーンは手紙を凝視し、「いいかげんにして!」と腹立たしげにつぶやくと、電話へ向かった。シェリイが出ると言った。「もう玄関は開けた? まだ? ならそうして。待ってるから」

シェリイが電話口に戻るまで、驚くほど時間がかかった。「くそったれ」いまいましげに紙をガサガサさせながら言う。

「なんでこんなに時間がかかったの?」ジェーンは訊いた。

「歩道まで走ってって、このごみ書いた犯人がまだ通りにいないか確かめたの。いなかった」

「あたしが言えばよかったね。これ、夜陰に紛れての伝令だよ」

「で、どうする?」

「そうだな、確かに憲法上の権利は侵害したくないよね」ジェーンは皮肉な笑みを浮かべた。「でも町役場には、住民に電話をかけて意見を伝えるよう求めてる部署がある。みんなにちょっと働きかけて、そうしてもらおうよ。この区画のこちら側の人にはあたしがかけるから、あんたは反対側をやって」

ジェーンは隣人に電話をかけるより先に、まず町役場を呼び出した。自分の名前と住所を教えてから言う。「うちのお隣の家の装飾について、意見を述べたいんです」

「そうなんですか?」職員はうんざりしたように言った。「すでに何件か電話をもらいました」

「あたしはあの装飾が気に入ってます」真っ赤なうそだが、ジェーンの憲法上の権利には言論の自由もある。正当な理由がある時はうそをつくことも含まれる、というのが彼女の判断だ。

「それに、ジョンソン夫妻のことも好きなんです。それからね、玄関ドアにこんな貼り紙をする卑劣な愚か者は不愉快です」

　やや沈黙があってから、さっきよりずっと明るい声で職員が言った。「ありがとうございます、ミセス・ジェフリイ。あなたのご意見は、必ず関係部署に伝えておきます」

　ジェーンは次にスージー・ウィリアムズに電話をかけた。「ちょうど今から出勤するとこだけどさ、ジェーン、職場に着いたら町役場に電話する。あの家って、ディズニーワールドと列車の事故現場を一緒くたにしたみたいだよね。でもあの人たちの家なんだから、ナチスばりの出しゃばり連中がとやかく言うことじゃないって」

「ねえ、スージー、出かける前に一つだけ。あんたひょっとして、サム・ドワイヤーを知ってる？　同じ区画のちょっと先の。独身者。賢そうなちっちゃい娘がいるんだけど？」

「あたりきしゃりき」スージーは、ひどく意味ありげに笑う。「さあ、もう仕事に行かなきゃ。ちっこいばあさんたちをコルセットに押し込んで、また充実した一日を送らないとね。彼のことはまた今度話す」

　ジェーンはアドレス帳を取ってきて、区画内の自分の並びで知っている限りの住人に電話をかけた。そのうち二人は、あの手紙の言っている通りだから、なんとかすべきだとジェーンを説得しようとした。別の二人は、ジェーンと同じほど怒り、町役場に電話したらという提案に感謝してくれた。あとは中立の考えか、または電話に出なかった人たちだ。中立の人たちについては、何人かを味方に引き入れられたと思う。

ジェーンが最後に電話をかけたのは、シャロン・ウィルハイトだ。「心配無用よ」とシャロンは言った。「他人が自分の価値観をジョンソン夫婦に押しつけようとして、法的に争うとしたら、何年もかかるわ。あの夫婦は借家人だから、彼らの行為をとめられるのは大家だけなの」

「あの家の大家さんって誰なんだろ?」

「わたしよ」シャロンは笑い声をあげた。「あれは賃貸物件として何年か前に買ったの。憲法を盾に取って傲慢な真似をするような連中、わたしもあんまり好きじゃない。仕事に出かける前に町役場に電話して、わたしは気にしないってはっきり伝えとく」

ジェーンは電話を切った。「憲法でかかってくるならくるがいい!」と声に出すと、そのピンクの紙をくしゃくしゃに丸め、ごみ箱にほうった。が、やはり拾って、カウンターの上に置くことにした。今晩やってくる客の中にいるはずの憂慮する住民に、自分の見解を見せてやるのだ。

ジェーンはふと気づいた。そのパーティにジョンソン夫妻を招待していない。あまりに失礼だ、ご近所づきあいのパーティを隣で開くのに無視するなんて。彼らの電話番号を知らなかったので、コートとブーツをさっと身につけ、隣へ行った。テレビのニュースが聞こえるのに、呼び鈴を鳴らしてもなかなか誰も出てこない。あきらめようとした時、ティファニーがドアを開けた。「あらー、ミズ・ジェフリイ、どうぞ入って」ティファニーは、新しそうだがやぼったいワンピースを着ていた。胸のヨークに小さな白いボンボンが並んだ鮮やかなピンクの。

ジェーンは彼女のあとについて中へ入り、二人して腰をおろそうとした時、コンピュータのプリンタが動きだす音がした。ティファニーはぎくりとしたように見えた。それからそそくさと居間の奥のドアへ歩いていき、声をかけた。「ビリー、ミズ・ジェフリイがおいでだよ」バタンとドアを閉める。「ビリーはコンピュータ・ゲームをよくやるんだ。ゲームのヒント集とかを、時々印刷したりなんかしてね」と言う。

そんなこと、なんでわざわざ説明するんだろ？　ジェーンは不思議に思った。そして、ティファニーがうそをついているのだと気がついた。ビリーは全く別の何かを印刷しているのだ。絶対に。もしかしたら、あの憂慮する隣人の手紙を、誰かがこの家の玄関にも貼ったのかもしれない。それで彼は反論の手紙を書いて、配布するつもりなのかも。

ジェーンはご近所の聖歌の集いについて説明し、ジョンソン夫妻もみんなに加わって、できれば今夜はお宅の音響システムのスイッチを切っておいてはと、そつなく提案した。「中には、ただでさえ音をはずさずに歌うのが難しい人もいるんです。歌っている時に、他の音を耳にしなくてもね。終わったらみんなあたしの家へ来て、夕食を取ります。ぜんぜん凝ったものじゃないけど」

「そりゃあすんごくいいわ、ミズ・ジェフリイ」

「ジェーンと呼んでください」

「わかった、ジェーン。夕食に、なんか持っていきましょか？　豚の頬肉に豆の料理なら用意できる。それともてんこ盛りのビーツとか――？」

「結構です」ジェーンは思いのほか強い口調になっていた。「もう全て手当てしてあるので。あとあたしたちに必要なのは、あなたとビリーが参加してくださることだけ」

「それは光栄」

えい、毒を食らわば皿までだ、とジェーンは憂鬱な気持ちで考えた。「それから明日はうちでクッキー・パーティを開くので、それにもぜひいらして。あなただけよ。女子の集まりだから」

「クッキー・パーティって？」

「みんな、めいめい自分のおはこのクッキーを二ダース持ちよるんです」ジェーンは説明した。「クッキーのお皿を全部置いたら、みんなでぐるぐる回って、他の人のクッキーから二ダース選び取る。そうやって、いろんな種類のクッキーをそれぞれ家に持ち帰るの。時には割り当てのクッキーと一緒に、小さいレシピのカードを作ってくる人もいるわ。でも、作らなくても平気。レシピを秘密にしておきたい人だっているから、それはそれでかまいません」

「あらまっ――ジェーン、なんてすてきな近所づきあいの知恵かしら。喜んで参加しましょ。おばあちゃんのタルトのレシピで、すごくおいしいのがあるの。かまわないよね、厳密にクッキーでなくても？　なんなら、小さいふわふわしたのも作ってもいいけど」

ジェーンの頭に浮かんだのは、グラハム・クラッカー（小麦粉に全粒粉を混ぜて作ったクラッカー）に、壜《びん》入りのマシュマロ・ディップをたっぷり塗りつけたものだった。「そういうのでいいですよ、ティファニー。切り分けなきゃならないケーキやパイでさえなければ。さて、もう行かないと。今日はやることがたくさんあるので」

その言葉通りにジェーンは行動した。掌大のメモ帳を手に、まず食料品店から開始だ。あまりにせっぱ詰まっていたため、リストがいくつもある。一枚目は、みんなに振る舞う料理のリストで、小見出しに材料が書いてあり、次に各材料を店の通路ごとに振り分けてあった。こうしておけば、すでに玉葱は持っているのにセロリを取りに引き返す、という真似はしなくてすむ。あたしってばすごく要領がいい、シェリイも褒めてくれるだろう、と得意になる。

ジェーンは記録破りの速さで食料品を調達し、しかも袋入りの氷が溶け出さないうちに家へ帰り着いた。驚いたことに、マイクはもう起きて着替えをすませ、ジェーンを待っていた。そして食料品の袋を運び入れ、氷を地下の冷凍庫へ持っていってくれた。その間にジェーンは袋のものを全部取り出し、必要となる順番に並べた。「マイク、頼みがあるのよ。ハムを二つ注文しといたのが、もう用意できてるの。支払いはすんでる。ハム屋さんまで、ひとっ走り取りにいってくれない?」

彼が行ってしまうと、ジェーンは料理を始めた。使い捨てのアルミ皿数枚にポテト・ミックスを盛って、薄くスライスした赤と緑のパプリカを添え、上からたっぷりチーズをかける。オーブンに入れる時間が来るまで、冷蔵庫にそれらを置いておくスペースはない。だが前もってガレージに場所を作り、茶色い紙を敷いてあるから、そこに並べ、アルミフォイルをかけておけばよい。彼女は五種類の豆にドレッシングをかけて混ぜ合わせ、サラダを作ると、その大きなボウルもガレージの一時置き場においた。

猫たちは、普段と違うそんな行動に魅入られていた。ジェーンは二匹が自分を見ているのを意識し、料理の上から段ボールをかぶせた。

ハムを抱えて戻ったマイクに、ジェーンはそれをシェリイの家に持っていくよう頼んだ。「そのハムは今日の午後、シェリイのオーブンに入ることになってんの。うちのにはもう入らないから」と説明する。「そうだ、それとね、お皿に飾るパセリも持ってって。んもう、あたしってば気がきく。でしょ?」

とてつもなく家庭的な自分にひどく得意な気分で、ジェーンはダイニングの準備に取りかかった。テーブルの拡張部分はいっぱいまで伸ばしておいたので、体をねじ込んでも端を回り込む余裕はほとんどない。そこには赤い大きなテーブルクロスとセンタークロスをすでにかけてある。あとは丈夫な紙皿を――ぐるりについている鮮やかな緑のリース模様があんまり気に入って、はしたないほどはしゃいだやつを——それからカップとプラスチックのカトラリーを配置する。陶磁器用飾り棚の抽斗をさぐって鍋敷きを見つけ出し、美しく見える位置に置いていく。

ジェーンは最後にもう一度うっとりと中を見てから、食堂のドアを閉じて、猫たちとウィラードを締め出すと、次はブロッコリに取り組む。

「何か手伝えることない?」マイクが勝手口から入ってきた。「ところでさ、ミセス・ノワックがパセリは野暮だって。で、ハムに合わせるパイナップル入りチャイニーズ・マスタード・ソースを今作ってる」

「パセリが野暮? 言ってくれるわね」ジェーンはにっと笑った。「今夜のパーティを最高に盛りあげる主催者に向かって」

「気をつけないと」マイクはジュースを自分のグラスに注ぎ、テーブルの椅子に坐る。

「何に?」

「自信過剰になること」

ジェーンはブロッコリを切り分け続ける。「それはあんたのこと、それともあたしのこと?」

「俺のほう、たぶん」マイクは認めた。

「大学のこと?」

「うん。大学は俺の成績表をママに送るのかな? 高校の時みたいに?」

「それか、あんたが送ってくるかよね。送ってくれるんでしょ?」

マイクはうなずいた。「あんまり嬉しくないと思うよ。教官が俺をかわいそうだと思ってくれたんでなければ、全科目Cだ」

「まあ、マイク」ジェーンは励まそうと決めていながら、ひどく落胆した声になったのが自分でもわかった。「高校ではオールAの生徒だったのに」

「うん、でもなぜそうだったかはわかってた。大学に入学できるように、Aを取ろうと勉強してたんだ。ところが大学に入ってみると、もうなぜなのかわからない。言ってる意味、わかる?」

「あんまり」

「今後のことがわからない……なぜ俺はこんなことをしてるのか……どこへ向かおうとしてるのか」

「でも、どこへ向かおうとするのであっても、そこにたどりつくには学位が必要なのはわかってるのよね」

「もちろん。でも、なんの学位を? 社会性のないルームメイトの一人なんか、会計士になりたいとはっきりわかってるから、基礎教科の他に、数学とビジネスに関するあらゆる講義を取って、その全てでAを取ってる。ママ、あいつフォークとスプーンの違いだってわからないんだぜ。なのに、何になりたいかはちゃんとわかってるんだ。別のやつは科学系の講義を取りまくって、それが楽しくてたまらないもんだから、ずっとその話ばかりしたがるし。遺伝子だとかDNAだとか。俺が取ってる講義は、大学一年生が取る退屈なのばっかだ。国語に代数学に地球科学。とっくに高校でAを取ってるやつ」

「同じものなのに、今はC？　そんなに難しくなってるの？」

「いや、講義はぜんぜん難しくなんかない。高校の時より、よほど簡単なのもあるくらいでね。ただ、あまりにも退屈だからさ。俺、何かにすごく、すごく関心を持つようになりたい。ジョンのようになりたいよ。あいつ二重螺旋構造があまりにみごとだからって、どうしても黙っていられずに喋りまくってしまうんだ」

「でもマイク、あんたは関心を持ってる――知識だってあるわ――多くのことに」

「まあね。多すぎるんだよな。スポーツはかなり得意だけど、タッチダウンを決めることに夢は持ってない。いくつか楽器を演奏できるけど、それを一生の仕事にするほどはうまくない。文法を網羅してるし、『マクベス』のほとんどの場面を暗記してるけど、そんなものでは食っていけない。そうしたくもないし」

ジェーンはブロッコリの花芽の部分をボウルにどさっとあけ、茎の皮を剥き、それをスライスしていく。「なるほど、見えてきたわ。昨日、シェリイにアドバイスを求めたらね、いつだって知恵者でいたいけどお手上げだって言われた。今のあたしもおんなじような気持ち。でも、提案ならいくつかある」

「ほんと？」

「第一に、退屈な講義も成績を上げること」

「うん、わかってる。そうするよ。ちょろいもんだ、ほんとだよ」

「第二に、今後の人生で何をするかをたった今決めるべきだなんて考え、頭から追っぱらうこと。専攻を決めるのだって、まだあと二年はあるし、それからだって変更できる。第三に、大学の要覧を取ってらっしゃい。感謝祭のあと、あんたの部屋の掃除をしてたら、あったわよ」

「どうして要覧なんか？」

「じっくり眼を通して、最も妙ちきりんだと思う講義をチェックしといて、その中から少なくとも二つを学期ごとに取ってほしいの。レベルが高くて履修登録はむりな場合でも、聴講ならできる。最初の二年間の必修単位を取るのに二年半、いえ三年かかったってかまわない。パパの生命保険金であんたのために設定した信託財産があるんだから、あんたが望むならもう一年、授業料を払えばいい」

マイクが二階へ上がっていく足取りに、ジェーンは多少のはずみを感じた。彼がキッチンへ戻ってきて要覧を開いた。一人で笑っている。

「いいのがあるよ。『甲冑の歴史――皮革からケブラー繊維（防弾チョッキ等に使用される特殊素材）まで』」

「それを登録なさい」ジェーンは言って、お湯の沸騰している鍋にブロッコリの茎をどさっと入れる。

「ひえっ！」マイクは叫んだ。「これはどう、『葬儀学――化学、化粧、カウンセリング』だってさ。信じられない」

「あんたが講義を受けて、家でべらべら喋りたがるものでないことを願うわ。寮ならきっと大受けだろうけど」

そのあとマイクが見つけた講座は、『軍隊における性差別』、『色と心理学』と呼ばれる美術講座、『大帝エカテリーナ――はたして大帝だったのか？』と銘打った歴史講座、フラワー・アレンジメントの講座。（「フラワー・アレンジメントですって？」とジェーンは叫んだ。「子供にそんな講座を受けさせて、本当に授業料を払う親がいるの？」）それから気分の悪くなりそうな医学部進学課程の講座。

「ママって、たいしたもんだよ！」マイクがしまいに言った。「たとえこういう講座を取らなくても、おかげでうんと気が楽になった」なおも要覧をめくりながら、はずむように自分の部屋へ上がっていく。

あたしがたいしたもん？　ジェーンは考えた。いいえ、違うと思う。それでも最善を尽くしている。彼女の最善が息子の気持ちを楽にしてやることにすぎないとしても、そうお粗末な成果とも言えなかった。それに誰にもわからないではないか――現実にマイクが、いずれ葬儀屋か甲冑職人になりたがるようになるかどうかなんて。

ジェーンは茎をゆでている鍋に載った蒸し器に、ブロッコリの花芽をどさっと入れ、ホワイトソースに取りかかった。

7

全くもって効率的なリストに、ジェーンは線を引いて項目を消し続けた。三時までには、こう考えるようになっていた。聖歌の集いなんぞたいしたことない、ちょっと準備をがんばればもっと頻繁にだってもてなしはできる。それも、盛大なのをやってのけられるかも、と。

万全の準備ができたとすっかりその気でいたら、肝心要のことを考え忘れていたなんていうその他多くの機会のことは、頭から追い出してしまっていた。一度など、家じゅうに人があふれている状態で、何人かがお手洗いを使おうとしたら、トイレットペーパーが切れていたことがあった。別の時には、最初の客がやってきたので、みんなのぶんのコーヒーを淹《い》れ始めようとしたら、缶の中に粉がほんのぽっちり残っていただけでげっそりしたことも。どっちの時も、シェリイが救ってくれた。

だが今回は、どんなことが起ころうと準備万端であると、ジェーンは本気で信じていた。

彼女は間違っていた。

三時十五分に、メルから電話があった。「たった今、空港で母を拾って帰ってきたんだけど、すごくきみに会いたがってるんだ。都合は大丈夫かな?」

ジェーンは本当のところ、メルの母親に会いたいと思ったことはない。メルは母親のことをいつもそれは大切そうに話すし、彼から聞いたアディ・ヴァンダインのことで、これといってケチをつけるような点はなかった。ただ、言いようのない不安がふくらんだだけで。

とはいえジェーンは答えた。「好都合よ。まだポテトを天火にかける時間じゃないし――」リストを確認する。「――五時十五分までは」

何を言っているのかよくわからなかったが、メルは訊き直さなかった。「こっちはちょっと問題があるみたいでね。そっちに着いてから、また話すよ」

気が大きくなっている今のジェーンは、ちょっとした問題などに悩まない。自分は大人の女、対処できる。小さな問題は些細なこと。手早く大盛りのグリーンサラダを作る。四時の仕事と記されていたが、少しくらい早くたって、くたっとしなびることもあるまい。レタスをちぎりながらちらりと外に眼をやると、また雪が降り始めていた。ふわふわの大きな白い雪のひらが、見る間に地面を覆っていくが、通りでは融けていく。どんより曇ってぐんと冷え込むのでなければ、雪はすてきだ。この上なく伝統的なクリスマスの雰囲気をパーティに添えてくれるだろう。

ジェーンは髪と化粧を直し、新しいブラウスとスラックスに着替えた。どういうわけか、トマトの果汁と種とで上から下まで汚れていたので。もういつ客が来てもおかしくない。ジェーンはそう考え、居間で腰をおろして待機した。クリスマスにちなんだ工芸品を紹介している雑誌を、見るともなしにぱらぱらめくりながら、思い出そうとする。メルの家族について何を知っていただろう、それからアディと波長がぴったりとは合いそうにないと感じたのはなぜだったのか。メルが家族の話をすることは、滅多にない。父親が若死にし、ジェーンの記憶が間違っていなければ、母親はアトランタでエスコート・サービスを始めたはずだ。その手のエスコート・サービスじゃなくて、とメルはあわてて説明した。本物のサービス、つまり訪れた大物有名人や金持ちの実業家なんかを、車に乗せて街を走り回る仕事だ。テッド・ターナーのテレビ局（一九八〇年にアトランタを本拠地としてＣＮＮを創業）は、神からアディへの贈り物だった。資金を投じてリムジン一台を買い、最初は自ら運転をした。ある程度の成功を収めると、もっとリムジンと運転手を雇った。ついには、南部の数多くの街にそのサービスを拡大し、事業をフランチャイズ化して、頻繁に出張して運転手たちの能力や接客態度や運転技術に、そして各事業所の運営方法に眼を光らせている。

あっぱれな女性だと、ジェーンはつねづね思っていた。だが、メルの母親に会うとなった今は、どうにも落ち着かない別の考えも、二、三思い浮かぶ。ジェーン自身も、まだ学校に通う子供たちのいる未亡人だが、アディに較べられるような立派なことや積極的な稼ぎかたなどしたことがないのだ。生命保険と抵当保険があったのと、彼女も亡き夫もめいめい夫の一族の小さな薬局チェーンに投資していて、そこからの利益までは夫もろとも亡くならなかったおかげで、ずっと家でフルタイムの母親業をやってこられた。後悔はない。子育てはやりがいがあると同時に重要な仕事だし、ここまでとてもうまくやってきたと思うから。

それに、外の社会への貢献度だって相当なものだ。ジェーンは数々の有意義な活動に奉仕していた。週に一度、眼の見えない子供のグループを、スクールバスがない専門の学校へ車で送っている。自ら手を上げたわけではないが、PTAの委員もしていて、クラス役員を押しつけられて引き受けることもよくある。教会の活動や慈善事業に参加し、多くの市民団体の基金集めの委員会でもひと役買っていた。しかしそれもこれも、ひじょうに成功している企業をゼロから起こした人から見れば、取るに足らないことに映るかもしれない。

メルの赤いMGが車路《くるまみち》に入ってくる音が聞こえた——あのはじにある穴ぼこを早く埋めさせておかないと、彼の小さな車は、いつかあの中に消えてしまうだろう。消防士たちが穴の中へロープを垂らす光景が頭の中に思い浮かんだ。二人を迎えるために、玄関を開けた。

雪がひどい降りようになっていたので、メルは母親を紹介しながら二人で家の中へなだれ込み、髪や肩から雪をふるい落とした。「母さん、この人がジェーン・ジェフリイ。ジェーン、俺の母、アディ・ヴァンダインだ」

ジェーンは啞然とした。その女性は、せいぜい数歳しか自分と違わないように見えた。髪は黒っぽいふさふさの巻き毛、どう見ても皺一つないハート形の顔、白く輝く歯、それに青磁色の大きな眼。彼女は——そう、他に言いようはない——キュートなのだ。とてもお金がかかっていて洗練されているという範疇において。身につけているのは黒いカシミアのコート、黒のエナメル・ブーツ、それからエレガントな黒の手袋。ジェーンがシェリイのクリスマス・プレゼントとして買いたいと思っているのと同じ手袋だ。高くて買えないけれど。アディ・ヴァンダインがコートを脱ぐと、スラブ・シルク（節が入ったシルク繊維）のプリンセス・ラインのスーツが現れた。眼の色と全く同じ色のスーツは、彼女のみごとな体型に奇蹟のように働きかけていた。彼女にはメルのとそっくりなえくぼまであり、そのせいで母親というよりも、少しだけ年上の姉といった印象を与える。

ジェーンはその場から逃げ出し、自分のカーキ色のスラックスと格子縞のブラウスを燃やしてしまいたかった。

彼女は二人のコートをかけ、居間でゆっくりくつろぐようながした。クローゼットのドアを閉めた時、廊下に見慣れないスーツケースがあるのに気づいた。メルが運び込んだに違いない。まさか、アディ・ヴァンダインがあたしたちにプレゼントを持ってきたんじゃないわよね？ その可能性は、今の今までジェーンの頭をかすりもしなかった。今回の訪問のためにメルの母親には、エルテ風のデザインのすてきな香水瓶とエレガントな小ぶりのアトマイザーとを用意して、赤いフォイルで包んであった。でも、たったそれだけだ。

ジェーンがコーヒーとお茶を注ぐつもりで用意していたのは、アンティークであるものの、どことなくみすぼらしく、小さなキズのついた銀器で、祖母から結婚祝いに贈られたものだ。クッキーを載せたお皿も準備してある。上手に焼けたクッキーで、妙ちきりんな妖精のではない。彼女はそれらをトレイに載せて、居間へ運んだ。

「旅のあとなので、何か軽くつまむものでもどうかと思いまして、ミセス・ヴァンダイン。夕食は、みんなあとでごちそうを食べることになりますから」

ジェーンは、ぜひアディと呼んでと言われるものと思っていたが、メルの母親はこう言っただけだった。「本当によく気がつくのね、ミセス・ジェフリイ」ミセスが少し強調されていたような。あたしの気のせいだろうか？

ジェーンはミセス・ヴァンダインのフライトについて、一つ二つつまらない質問をして、感じのいい面白みに欠ける返答をもらった。メルが助け船を出そうとする。「母さん、ジェーンに話してやってよ、キャリーバッグに犬を入れてた男のこと」ずいぶん必死の様子だ。

その頼みを、ミセス・ヴァンタインは手を振って断った。「たいして面白くないことだもの」と言い、部屋を見回す。「なんてすてきな小さい家をお持ちなのかしら、ミセス・ジェフリイ。これらのクリスマスの飾りには、ご家族にとって何か特別の意味があるんでしょうね」

ジェーンは思った。言い換えれば、くだらないものに見えるけど、あなたにはなんらかの意味があるに違いない、そうでなかったら、こんなものに日の目を見せるわけがない、ってことか。だめ、出だしからつまずいてどうするの、と自分を戒めた。

ジェーンはうなずき、メルに向いた。「電話で、ちょっとした問題があるとか言ってたでしょ？」訴えかけるように訊く。

「暖房炉がいかれちゃって、俺の部屋、寒いなんてもんじゃないんだ」彼は言った。「母さんは去年肺炎にかかってさ、寒さは絶対禁物だから……」

何が起こりつつあるかを悟ったジェーンは、頭の中で人差し指と中指を交差させ、自分の考え違いであることを願う。

「暖房炉が直るまで、きみたちと一緒に、母もここに一時避難できないかなと思って」

ジェーンは迷信に頼るよりも、真剣に祈るべきだったのを知った。

「メルったら、言ったでしょ、わたしはホテルに泊まるので満足よ」ミセス・ヴァンダインが言う。

「母さん、いつもこぼしてるじゃないか。しょっちゅうホテルに泊まらなくちゃいけないから、もういやでたまらないって。ジェーンとこには客用の部屋があるんだし、きっとひと晩だけのことだよ。ジェーンは気にしやしないって。それに、二人がお互いをもっとよく知るいい機会になると思うしさ」

メルは微笑んでいる。あたかもそれが、二人に歓迎してもらえるすばらしい考えだとばかりに。

ジェーンは彼をどう殺してやろうかと、心惹かれる選択肢を次々に思い浮かべた。なんて神経だろ。なんの前触れもなく、母親を、本人がいる目の前でわたしに押しつけるなんて。しかもあんなに嬉しそうに。あれじゃ自分の言っていることを、本気でそう思っているみたい。困ったことに、たぶん本気だ。

「ぜひここにお泊まりください」とジェーンは声をかけ、メルに「これから一生かかったって、この借りは返してやる」と言わんばかりの眼つきをしてみせた。

「まあ、そんな厚かましいことはできないわ」

だったら、なんでメルにスーツケースを運び込ませたのよ。「ぜんぜん厚かましくなんかありませんよ……アディ」この人がここに泊まるんなら、ファーストネームで呼ばせてもらう、とジェーンは決めた。

「えっと、ありがとう……ジェーン。本当にあなたがよければだけど」

メルはニコニコ顔だ。ジェーンは殴りつけてやりたかった。それにしてもよかった、あの部屋を大掃除しといて。でなかったら、大きなクローゼットくらいの広さしかなくて、普段は手作りのごみに埋もれている状態なのだから。ううん、よくなかったのかも。あのままなら、アディはきっと泊まりたがらなかった。巻尺やらアイロン台やらキルト用のピンやらミシンやらをかいくぐって、ベッドにたどりつかなきゃならないのだ。しかも三人もの子供たちと浴室を共用するのも、彼女にしたら楽しくてたまらないわけがない。

あたし、彼女を色眼鏡で見ているのかも、とジェーンは思い、曇りのない高潔な眼で見ようとする。もしかしたらメルの言った通り、こんなふうに一緒に過ごす羽目になったら、あんがい仲よくなるのかな。たぶんそんなことない。でも、どんなことだって起こるものだから。

「メル、あなたがアディを連れてスーツケースを上へ運んでくれるんなら、あたしちょっと電話をかけて、あれこれオーブンに入れときたいんだけど」

彼らが二階へ上がると、ジェーンは電話へダッシュして、シェリイにかけた。「最悪よ」電話に出たシェリイに小声で言う。「メルにお母さんを押しつけられた。彼のとこの暖房炉が直るまで、うちにいるの！」

「まさか！」シェリイは叫んだ。

「彼女にそばをうろうろされると困るの、今夜のディナーを大あわてで作ってる間は。しばらく彼女の相手をしにきてよ」

「五分待って。ハムをオーブンにかけたら、すぐそっちへ行く」

ジェーンが電話を切ったその時、メルがキッチンへ入ってきた。「母さんは今着替えをしてる。俺はアパートメントに戻って、暖房炉の修理屋を待たなくちゃ。ひと晩、母さんを置いてもらうことだけど、気を悪くしないでほしいな、ジェイニー」

「彼女のいないとこで予告してくれても、気を悪くしなかったわ」ジェーンはずばりと言った。

「彼女をもてなす時間なんか、あんまりないの」

「なんだ、母さんはもてなしなんかいらないよ。一人で楽しめる人だから。それにすごく料理上手なんだ。ディナーも手伝えると思うよ」

「手伝いは必要ないよ、メル、あたしだって料理はうまいんだから」

「それは知ってるさ」彼は口ごもり、車の鍵を弄《もてあそ》ぶ。「ジェイニー、俺に腹を立ててるんじゃないよね？」

「腹を立ててないかって？」ジェーンは訊き返し、ポテトのお皿を取りにガレージへ向かった。彼女が戻ると、彼は悔やんでいるようだった。「すまない。俺、あせってよく考えてなかった。先にきみに都合を訊くべきだったけど、訊かなくてはならなくなるなんて、わからなかったんだ。アパートメントに着いて、そこが凍えそうな寒さだと気づくまで。母さんは去年、本当にひどい肺炎にかかったから――」

「知ってるよ、メル」彼が病気の母親に会いにいった時のことを、ジェーンは思い出した。あの時は、アディ・ヴァンダインのことを白髪頭の小柄な老婦人で、病弱で介護施設に入所寸前なのだと思い描いていた。愚かな推測だったのは明らかだ。ジェーン自身の母親だってメルの母親より年上なのに、競走馬並みにぴんぴんしているし、体の線もきれいなのだ。

「なあ、ジェイニー。母をホテルに連れてくよ。母には……なんとか説明する」

「うそをつくことになるのよ。どうせ彼女にもうそっぱちだとわかるわ」ジェーンはオーブンの中にポテトを滑り込ませた。が、前もって温めておくのを忘れていた、と遅まきながら気づく。「お母様を追い出す気はないよ。いいの。もう決まったことだから。それに、あなたが言ったように、たかがひと晩のことだし」

「本当は母にいてほしくないんだね？　母が嫌いなのか？」

そう考えただけでひどく驚いた様子のメルに、ジェーンはこう言ってあげることしか考えつかなかった。「きっと大好きになると思うよ、メル。今はまだお互いのこと知らないんだもの。さあ、もうあたしの邪魔をしないで。パーティの前にやることが山ほどあるの。あなたも来るのよね？」

「暖房炉の修理屋が帰り次第、即刻」彼は元通り楽しげだ。

メルが帰った数分後に、ジェーンはアディが階段をおりてくる音を耳にした。スウェットスーツというのは期待しすぎだろうが、もっと家でのんびりできる快適な服に着替えたのだろうと思っていた。

キッチンにさっそうと入ってきたアディの服は、ジェーンにすると〝くつろぎパジャマ〟としか表現しようのないものだった。すてきなセルフ・ストライプ地で、ゆったりと優美に体を覆っている。アディはシルバーとクリスマス・ツリー色の石でできたネックレスとイアリングまでつけていた。あれは本物のエメラルドではないかと、ジェーンはびびった。

「何をお手伝いしたらいい、ジェーン？」

「まずは、あたしに衣装を貸してくれることから」

「えっ？」

「ただの冗談です」ジェーンは言った。

8

ジェーンを助けにきたシェリイの調子は上々で、アディを気軽で当たり障りのない会話に巻き込み、ジェーンがディナーの支度を終えられるようにしてくれた。時折ジェーンにも問いかけた。「手伝いがいるんじゃない?」とか「進みぐあいはどう?」とか、答えやすい質問を。するとジェーンは明るく応じられるのだ。「ううん、ぜんぜん」とか「ぴったり予定通りよ」とか。

そろそろ六時、聖歌の歌い手たちが集まる時間が近づくと、ご近所の何人かが差し入れを届けにきた。シャロン・ウィルハイトは何度か往復して、とても高級そうなワインを四本と、プラスチックのワイングラスが詰まった箱を運んだ。「プラスチックでもかまわなければいいんだけど」

「本物を三十個もそこら辺に置いてる人っている?」ジェーンは訊いた。「プラスチックはうってつけよ」

「ランス・キングが招待されてるとか」シャロンは言った。

「そして招待を取り消されたわ」ジェーンはつっけんどんに言う。「悪いわね、彼のファンだったら」

「ファン？　まさか。生まれついての最低なやつだった。わたし、しょっちゅう考えるわ……あら、えっと、気にしないで」

いつものジェーンならここぞとばかり追及するはずの会話の糸口なのだが、今は忙しすぎる。シャロンにはあとで訊いてみよう。おぼえていられたら。

ジュリー・ニュートンはおつまみの盛り合わせを持ってきた。そしてジェーンも驚いたことに、彼女には生来の機転があって、家じゅうの平らな場所に置けるように、クリスマス・ツリーの形をした揃いの小鉢まで持ってきていた。おちびのペット・ドワイヤーは、自作のファッジを持って現れた。ファッジは緑のトッピングを散らした特大の泥まんじゅうに見えたが、女たちはみんなペットの腕を大げさに褒めた。

「あなたとお父さんは、ここのディナーにいらっしゃる前に、あの人たちと歌うの？」ジェーンは訊いた。

「いいえ、父は今夜も仕事があるんです。でも、八時半までに家まで送ってくれる人がいたら、わたしはここへ来てもいいって言いました。父は、画像をたくさん表示しなくちゃならないウエブ・ページを編集しているので」

「きっとトッドが、喜んでお宅まで送るわよ、ペット」ジェーンは言った。「お父さんに必ず伝えてね。休憩を取る時間がおありだったら、どうぞお寄りくださいって。ここにはおいしい料理がたくさんあるから」

「ありがとうございます、ミセス・ジェフリイ」ペットの言いかたはあまりに礼儀正しくて、口頭でお辞儀をしたような感じだった。

ペットが帰ったとたん、トッドが友達のエリオットと入ってきたので、ファッジに近づかないように、その見かけをばかにするのをやめるように、厳しく叱りつけなくてはならなかった。ケイティも友達のジェニーを連れてきた。ジェニーの母親が二人に持たせたチップスとディップは、途中でほんのちょっと略奪されただけだった。

同時に姿を見せたスージー・ウィリアムズは、氷の入った袋を四つと、ジェロー（クラフト社のインスタントゼリーの素）で寄せた固まりかけのサラダを手にしていた。「ごめん、あたしにはこれで精一杯だった。今週は棚卸しなんだ。氷は地下の冷凍庫に入れといたほうがいい？」

だしぬけに、マイクが一階全部にもう一度だけ掃除機をかけると決めたものだから、みんなその騒音に負けないよう叫び合う羽目になった。ジェーンがちらりと見ると、アディは、そんなグランド・セントラル駅並みの雰囲気に困惑しているらしい。

アディが眼を合わせて、訊いてきた。「この家では、いつもこんな感じなの？」

「いつもってわけじゃないわ」ジェーンは、ごく冷静で有能に見られる口調を心がけた。「時には静か。時にはもっとうるさかったりします。パジャマ・パーティをおぼえてます？」

「うちの娘たちはやったことがないわ。あの子たちがパジャマ・パーティをやる年頃だった時、わたしは夜出かけてばかりで。わたしの姉に子育てを手伝ってもらってたの。そんなパーティのことまで、姉に負担をかけられなかった」

その話がまたしても会話の糸口を与えたので、シェリイはグレイハウンドのようにそこを追及した。その丁寧すぎる口調とかすかに冷ややかな微笑みを見れば、ジェーンにはわかった。本当はアディ・ヴァンダインに好意を持っていないのだ。そして、そんな気持ちを、アディに悟られるような愚かな真似をしないことも、よく承知している。

香辛料を入れたアップル・サイダー（クリスマスによく飲まれる。アップルジュースにシナモンなどを入れ温めたもの）のたっぷり入った大きなパスタ鍋を、ジェーンは火にかけ、もう一度リストをチェックした。終わりだ。やってのけた！　あとは、歌い手さんたちがこの家に近づいてきたら、全てのものをテーブルに並べるだけ。

地階からスージーが姿を現した。「うわっ！」ジェーンは叫んだ。「あんたが下にいたのを忘れてたよ、スージー。怖くて死ぬかと思った！」

「あんたの息子と友達が、コンピュータで格闘ゲームをやってるよ。しばらくそばで見てたんだ。クールだね。さあて、保温下着つけてガンガン歌いにいかないと」スージーはアディに眼をやった。彼女には地下へおりる時にすでに紹介ずみだ。「あんたさ、そんな格好で外に出る気じゃないよね？」

腹を立てていいのか、笑っていいのか、アディがわからなくなっているのは明らかだ。「いいえ、わたしは家にいるわ。ジェーン、あなたも一緒に行きたいなら、わたしが留守を預かるわよ」

「あたしは玄関ポーチから見るだけのつもりなので」ジェーンは言った。「てんてこまいの一日だったから、もう雪の中は歩けないです」

「どういう段取りになってるの？」アディが訊いた。「みんなが歌うなら、誰が歌ってもらうのかしら？」

シェリイが答えた。「通りの一番向こうに住んでる夫婦が、お隣に行くのが始まり。そしたらその家の人は夫婦に合流して、次の家へ行くことができる。住人の中には、特にお年を召した人の中には、寒い屋外に出たがらない人も多いんです。それに、少数ながらジェーンみたいに救いようのない音痴もいますしね」

「ひどいわね、シェリイ」ジェーンは笑いながら言う。「ほんとだけど、ひどい」

シェリイとスージーは一緒に帰ったが、すぐにシェリイが戻ってきて、険しい顔で言った。

「ジェーン、こんなこと聞きたくないだろうと思う。でも、この区画の端にテレビ局のカメラ・スタッフが配置されてる」

ジェーンがおそれていた通り、ランス・キングの慇懃な退却は、やはり見せかけのものだった。手前勝手な理由から、彼はご近所のパーティをがぶりと咥《くわ》え込み、この場所からニュース報道をすると決めているのだ。

「でも、どうして？」ジェーンは、シェリイに向かって疑問を口にしていた。「彼の専門は、過激な暴露話よ。どうやってこんなに早くそんな話の準備をしたの？　それに誰を犠牲者にする気だろ？」

「さっぱりわからない。だけど、いい面もあるのかもよ」シェリイは言う。「あたし、彼が出る局には、もうぜんぜんチャンネルを合わせないんだよね。彼がとにかく胸糞悪くて、姿を見るだけで腸《はらわた》が煮えくり返るからさ。でも、彼も丸くなったのかもしれない」

「あるいは、テレビ局長がもっと好ましいニュースの報道を、彼にむり強いしたのかもしれない。ありそうにないけど、絶対ないとは言えない」

「誰の話をしているの？」アディが割り込んだ。彼女がそこにいることを、ジェーンはすっかり忘れていたのだ。

「地元の煽り屋ニュースレポーターです。ランス・キングっていう」

「ランス・キングですって！」アディは大声をあげた。

「彼のこと、ご存じなの？」ジェーンは、彼の悪名がアトランタにまで届いていることに驚いた。

「メルに会いにきた時、テレビで見たのよ。とことん不愉快な男。彼が、聖歌の集いを取材しにきてるの？　彼も歌い手たちとこの家に来るんじゃないでしょうね？」

彼女がランス・キングについてそう詳しくはないことを考えれば、ずいぶん大げさな警戒ぶりだとジェーンは思った。「残念ながら、まさしくそれが彼の頭にあることとみたい」

「で、あんたどうするつもりなの、ジェーン？」シェリイが訊いた。

「わからない。家に入れたら、彼はパーティをめちゃくちゃにする。締め出したって、もめごとを起こして、やっぱりパーティをめちゃくちゃにする。それに、たぶんあたしもめちゃくちゃにする手段を見つける」

歌声が聞こえてきた。シェリイが言った。「あたし、みんなに加わってくる。あんたんとこの子、誰か一人ハムを取りによこして。キッチンのドアが開いてるから」

ジェーンは浴室で思い切り泣きたい気分だったが、それすら許されない。電話が鳴ったので、出たらメルだった。「あと数分でそっちに着くよ、ジェイニー。暖房炉の修理屋が来なかったから、明日また別の業者とやり直しってことになりそうだ」

「わかった」ジェーンは歯を食いしばって言った。

彼女はトッドとエリオットにハムを取りにいかせ、ケイトにはどれがマスタード・ソースかを確かめにいかせた。「全部持ってきたら、そのまま歌い手さんたちに合流していいからね」

ジェーンはしっかり着込んで、聖歌隊を見ながら歌を聴こうと玄関ポーチへ行った。二、三回冷たい空気を深々と吸うと、いくらか気持ちが落ち着いたし、隣人たちが声を張りあげて歌っている元気のいい『ジングル・ベル』も、よいほうに働いた。ジェーンは、パーティに関する昔からの持論をとっくり考えた。自分も楽しむつもりがないなら、パーティを開くのは無意味だ。計画と準備は大変かもしれないが、間に合うかという不安は、最初の客が玄関を入ると同時に捨てなくてはならない。

「あたしにはやれる」ジェーンは自分に言い聞かせた。「そしてランス・キングにぶち壊しにはさせない」見ていると、テレビ局のカメラマンが、数名ばかりの歌い手たちに特にすてきな家の前でポーズを取らせている。サンタの衣装を着た男――キング本人――が列の中央にいた。

家から家へ移動しながら数がふえていく人の群れを、ジェーンが立ったまま見守り、耳を傾けていると、テレビ局の人間の一人がその群れから離れ、ジェーンの家へ向かってきびきびと歩いてきた。近づいてくるその女性は若く、とても背が高くて、ボンボンつきのニット帽からえび茶色のカーリーヘアが飛び出ていた。ピージャケットのポケットに両手を突っ込み、脇にクリップボードをはさんで、前かがみの姿勢で歩いてくる。「あなたがミセス・ジェフリイ？」と彼女は言った。「わたしはジンジャー・ライトマン、ミスター・キングの助手です。お宅のレイアウトを拝見して、照明とカメラを据える場所を決めなくてはならないんです」

「ミスター・キングは、うちに招待されてないわ」ジェーンは言った。「あるいは、招待されていたけれども、あたしの許可は得てないということ」

ジンジャーが言った。「まあ、知りませんでした。どうも申し訳ありません。でも――」

「でも、彼を締め出したりしないわ」ジェーンが引き取って言う。「そんなことをしたらどうなるか、わかってるから。どうぞ入って、ジンジャー」

ジンジャーは帽子とコートを脱ぎながら、また謝った。「わたしは一社員にすぎないんです、ミセス・ジェフリイ。それもあとどのくらい我慢できることか。こういう仕事をするには、わたしはあまりに善良すぎるので」

ジェーンはジンジャーを観察した。きれいとはとても言えない。顔は細長すぎるし、鼻と歯は大きすぎるし、髪ときたらもう最悪。それでも、この冴えない若い女の誠実さには、何かひどく脆そうなところがあって、それがジェーンを惹きつけた。「わかるわ。どうぞ自分の家だと思ってね」

ジェーンはまたポーチに出た。あと十分もすれば、聖歌の歌い手たちが家に到着するだろうと判断した時、中へ入った。

アディが協力を買って出て、料理を並べるのを手伝い、ジェーンが決めておいた置き場所を変更しては、ひどく彼女をいらだたせた。「ほら」アディは大声で言った。「このほうが、ハムの皿同士がもっと離れていてだんぜんいいでしょ?」

「そのようですね」ジェーンは物憂げに答え、決めていた通りに並べるまででいいから、アディをクローゼットに押し込んでやれたらと思った。みんながゴールインすると同時に、キッチン・テーブルとカウンターに、デザートを出すつもりだ。その時までにメルが現れて、母親に邪魔をさせないようにしなければ、ただじゃおかない。

ジンジャーがキッチンにいるジェーンを見つけた。「なんとかお宅のパーティを台無しにしないように、機材を設置できそうですよ。ランスが八時に生放送の短い宣伝をやる予定です。それが十五秒間。そのあとしばらくしてから、二分間のニュースの生放送を始めます。もちろん、それまでに優先すべき本物のニュースが入ることを祈るけど」

「どこかですてきな航空機事故とか爆破事件が起こればって？」

ジンジャーがにこっと笑った。「そういうやつです。手配できそうですか？」

人々が玄関から入り始め、着ているものから雪を払い落としながら、コートや帽子やミトンを、階段や手すりやシェリイから借りてきたコート・ラックに積み重ねていく。ペットは最初に到着した一人で、お手本のような子だから、帽子と手袋とを正しい組み合わせでコートと一緒にしておく仕事を、自分から買って出た。

「今度パーティをする時は、あの子を雇うつもりよ」ジェーンは中へ入ってきたシェリイに言った。

「雨が降りだしてる」シェリイは言った。「朝には、すっかり雪が融けてるね」

ジェーンは驚いて彼女を見た。「あんたってば、そんな意味のない気楽なむだ話なんかで、今にもあたしの家に侵入しようとしているあのいやな男のことを、本気で忘れさせようとしてるわけ？」

シェリイがにやりとした。「だと思う。ねえ、ジェーン、今回のことはさ、あたしが子宮がん検診を受ける時と、同じ考えでいかなくちゃ。どんなにいやなことになっても、何時間かたてば必ず終わるんだって」

「うーん、その何時間かがどうにも待ちきれないんだよね」ジェーンは憂鬱そうに言う。

パーティは盛況なスタートを切った。寒さから逃れられてほっとしたみんなは、食べまくった。ところが、ついにランス・キングがカメラマンや照明係や機材と共に加わると、ジェーンの家に集まった人々は一気になりをひそめ、控えめになった。誰も彼の注意を引きたがらないようだが、普段から不満たらたらの数名ばかりは、その例外で、個人的に攻撃したいと思っている相手のことでキングを提案攻めにしている。

ジェーンはキッチンのドアのところにそっと立って、ランスが悪臭のように部屋を動き回るのを見ていた。誰も鼻を覆って逃げ出すまではいかないが、眼をそらし、自分の皿のどうでもよいものたちに大変な関心を示すようになるか、互いに小さな声で活発な会話に没頭するかだ。

ランスはそれも気にならないようだ。まるで彼がロックスターであとの者は熱烈なファンといったふぜいで部屋をゆっくりと歩く。中身はノートパソコンとおぼしきバッグを持っていて、家具のあちこちに何度となくうっかりぶつけている。サンタの衣装は襟を開いており、つけひげはどこかに捨てていた。おそらくダイニングのテーブルのまんなかあたりに落ちていて、彼という胸糞悪い人間がそこにいたと、あとで思い出させることになるのだろう。ジェーンはいまいましく思った。

「ホー、ホー、ホー！」いきなりランスがサンタの掛け声を轟かせた。プラスチックのカトラリーがカサカサ音を立てたのは、驚いたパーティ参加者たちが、フォークやスプーンからぱっと手を離したからだ。「これじゃクリスマス・パーティってより、お通夜だな。ああ、郊外生活よ。実にわくわくする」

彼はしばらくあたりを見回し、それからキッチンのドアのところにいるジェーンに気づいた。部屋の向こう側から呼びかける。「きっとあなたがミセス・ジェフリイだね。我々を、このこぢんまりした楽しいお宅に招待してくれて、ありがとう」と言い、ジェーンのお気に入りの椅子に飛び乗る。ふかふかに厚い詰めものをした張りぐるみのその椅子は、とても快適なので、坐ると母の胎内に戻るようだとジェーンは思っている。そここそ、彼女が坐ってテレビを見たり、ノートパソコンをいじったり、クロスワード・パズルを解いたりする場所なのだ。その椅子が、汚された。

「してないわ」ジェーンはつぶやいた。

「なんだって？　もっと大きな声で言ってくれ、ハニー」

顔に血がのぼるのを感じ、ジェーンは両手を握り締め、くるりと向きを変えた。向かった先は客用の浴室だ。小さなホールを通じてガレージに続いている。このまま進んだらどうだろう。車に乗って走り去り、あとで帰ってきたら。だがそうする代わりに浴室に閉じこもり、怒りのいっときを静かに過ごした。やがて訓練が感情を打ち負かした。ジェーンの父親は国務省で働いているので、彼女は世界中のあちこちで成長した。そんな彼女が、実質的に生まれた時から教えられていたのは、主催者たる者、何があろうと客には礼儀を尽くさなくてはならないということだ。逃げ出すのも、浴室に隠れるのもいけない。幼い頃、そして十代の頃、彼女は両親が開いたさまざまな夕食会に出席した。羊の目玉やカチカチの鱈が出たこともあるし、すぐ外で獣の鳴き声がするテントの中で、床に坐って食べたこともある。ランス・キングなんか、そういうもろもろよりほんの少し不快の度合いが強いだけだ。

浴室の外へ出たジェーンは、メルとまともに向き合っていた。

「きみを家じゅう捜したよ、ジェイニー。何かあったのか？　動揺してるみたいな顔だ」

「たぶん、動揺してるからよ」

「俺の母親のせいじゃないだろうね？」メルは急に用心した顔つきになった。

ジェーンはかろうじて笑った。「違う」危うく〝今回は〟とつけくわえそうになったが、その衝動はこらえた。「あのランス・キングのばか野郎よ」

「彼がここにいるのか？」

「いるかですって？　もちろんよ。よく彼に気づかないでいられたもんだわ」

メルは彼女に片腕を回すと、ゆっくり歩かせてキッチンを通り抜け、パーティに戻った。人人の立てる音や声が普通レベルに戻っているのに、ジェーンは気づいた。「きっと彼はいなくなったのね。よかった。やっぱりジンジャーが航空機事故を手配してくれたのかな」

ジンジャーが誰で、なんの話をしているかをメルに説明し終える頃には、ジェーンもずっと気持ちが楽になった。「聞いてくれて、ありがと」顔を彼の肩に乗せて言う。「あたし、自分のパーティを楽しんでくる」

外交官の娘であるジェーンは、人々の間を回り、一人一人に心から歓迎していることを示した。七時五十分、ランス・キングがテレビ用のメイクをして、あのつけひげをつけ直した姿でまた現れた。ジンジャーが、電気コードや照明スタンドから人々をどかせるのを手伝い、八時一分前になると片手を上げ、そのままの状態で腕時計に眼を凝らした。

ジンジャーの手がおりたとたん、ランス・キングは大きく破顔し、トカゲを思わせる微笑みでカメラを見つめた。「クリスマスを祝う、この界隈の隣人たちのパーティです。これ以上に楽しいことがあるでしょうか？　これ以上に無邪気なことが？　感じのいい人たちにおいしい料理。しかし、とある郊外でのこんな幸せな生活を、独善的とまでは呼びませんが、そこに後ろ暗い恥部はないのでしょうか？　このあとのニュースにチャンネルを合わせ、お確かめください」

テレビ局の照明が消え、一瞬しんとなった。ランス・キングはつけひげを引きはがし、部屋を見渡すと、笑い声をあげながら大股で出ていった。

9

いっとき凍りつくような静寂が続く中、ランス・キングは玄関から出て、バタンとドアを閉めた。

すると、仮装パーティと勘違いして、ずんぐりむっくりの雪だるまに扮しているビリー・ジョンソンが言った。「あいつ何者だ、なんでまたあんなに悪意むきだしなんだい？」

妖精のプリンセスのティファニーが言った。「きっとテレビ局の人だね。カメラとか持ってきてるじゃない。あたしたちみんな、ニュースに出るのかね」彼の放送の内容については、全く関心を払っていない様子だ。

「悪党め」と誰かがぼそっと言った。ジェーンには、ランス自身のスタッフの一人が発したように聞こえたが、確かめようはない。

長い顔を赤いまだらにして、ジンジャーがジェーンの腕を摑んだ。「ほんとにごめんなさい。これで少しは気がおさまれば――いえ、そうはならないのはわかってますけど――わたし、たった今失業したわ。自分から！」

「なんとも奇妙な振る舞いだこと」区画の向こう端にある、チューダー様式もどきの家の女性が、サイドテーブルに皿を置き、腰を上げた。「彼がまた不愉快な真似を見せつけようと戻ってきた時、わたしはこの場にいるつもりはないわ。ジェーン、わたしのコートはどこ？」

六、七人の客がどやどやと帰っていった。一人として特におそれている様子はなく、気分を害しているだけだった。ジェーンは彼らのコート捜しを手伝って、送り出すさいにはしどろもどろに詫びを言い、決してランス・キングをパーティに招いたのでないことをわかってもらおうとした。全てジュリー・ニュートンの落ち度であることを、口にしないだけの思いやりも持っていた。

彼らが去っていくのを見守ってから、ジェーンは言った。「メル、彼が家の中に戻ってこないよう、玄関に警官を一人立たせておける？」

「ジェイニー、落ち着け」

ジェーンの眼には、怒りと悔しさで涙があふれた。「だったら、民間の警備員を雇う。今すぐ見つけるにはどうしたらいいんだろ」

彼女は何かに袖をひっぱられているのに気づいた。「ミセス・ジェフリイ」とペットが言った。「わたしもう帰らないといけません」

ジェーンはペットの小さな細い肩に手を置いた。「ええ、そうね」跳ねるように階段を上がっていくトッドに眼を留める。「トッド、コートを着てブーツを履きなさい。ペットを家まで送らないと」

「ママ！　同じ区画のたった数軒先じゃない――」

「トッド」威嚇するような低い声に、トッドは眼を剝いた。

「えっと……わかった。すぐやる」

ジェーンはメルに子供たちを見送らせ、トッドが戻ってくるまでそのまま見ていてもらうことにし、自分は電話帳を捜しにキッチンに引き返した。本気で誰かを雇い、ランスを寄せつけないつもりなのだ。盗んだなどと彼に咎められないように、テレビ機材は庭にほうり出してやる。

押し殺したような泣き声が聞こえたので、ジェーンがその音を追うと、キッチンの隣の小さな浴室にたどりついた。「ジュリー？　あなたなの？　すぐに出てきて、あたしに頭を叩かせなさい」断固とした口調で言う。

ドアがわずかに開いて、ジュリーが片目で外を覗いた。「ああ、ジェーン――」甲高い泣き声をあげ、いきなりドアを開けてジェーンの腕の中に飛び込んできた。「ほんとに、ほんとにごめんなさい。彼、おそろしい人だわ。わたしなんにも知らなくて。どうしたらいい？　どうしたら、いったいどうしたらあなたに償える？」

「今すぐ電話帳を抱えて坐り込み、即刻ここに駆けつけてくれる警備員を雇って、彼があたしの家に戻ってくるのを阻止することね」ジェーンは言いながら、抱きついているジュリーの腕をほどく。「それと、支払いはあなたがすること」

「あら、ええ。当然よ。ありがとう。わたし、やるわ」ジュリーは鼻をすすり、しゃくりあげる合間に声にならない声で言った。

「電話と電話帳は、二階のあたしの寝室にあるから」

ジュリーは急いで言われた通りに取りかかった。

シェリイが入れ違いにキッチンへ入ってきた。「よかった、ここにいたんだ、ジェーン。ずっとあんたを捜してた。あたしはまたあんたがウージーを握って、彼を捜しに外へ出たんじゃないかと思ってさ」

「あたしのウージーはどれもオイルを注《さ》してないもん。火薬も詰めてないし。なんでもいいや。よく考えたら、ウージーがどんなものかも、ほんとはよく知らないんだ。でも今なら手に入れるのも悪くない」

彼女が喋っている時に、メルがキッチンに入ってきた。「ジェーン、そいつはあんまり面白い話じゃないな」

「メル、今回のことで面白いことなんか一つもないわ!」

愛情の川が、違う方向へ怒濤の勢いで流れているのにメルは気がついた。「そうだな、確かに。すまなかった」

ジェーンはため息をついた。彼が悪いんじゃない。「トッドは戻った?」

メルがうなずく。「うん、きみの子供たちは全員うちにいて、あの大変な交通量にもかかわらず無事だよ。ジョンソン家を見物してる人が大勢いて、通りでパレードでもやってるような騒ぎなんだ」

ジェーンは弱々しく微笑んだ。「そしてみんな帰ったんでしょ？　どれだけの食べ残しがあるか、考えてもみてよ。デザートなんか、まだ出してもいないのに」

「いや」メルは言った。「客はまだ大勢いる」

「まさか！」ジェーンは彼を回り込み、居間を覗き込んだ。彼の言う通りだ。「どうして今のうちに帰らないの？」

シェリイが解説した。「中には、あれをまだ冗談だと思っている人たちもいるわ。あとは嗜虐趣味の連中。ところで、スージーの隣に住んでる女の人から訊かれた。あんたはどこの会社でジョンソン夫婦を雇ったんだろうって。あの夫婦を南東部の山出しに扮した役者だと思ってんの」

ジェーンの積もり積もった緊張感が一気に解けた。彼女は笑いだした。声にヒステリックな響きがある。「やだ、シェリイ、そんな顔しないで」ひいひい笑いながら言う。「それと、引っぱたいて正気にさせようかなんて、思わないでよ。あたしは大丈夫。ただね――」

ジェーンはまた大声で笑いだした。

ビリー・ジョーが居間からそっくり返って歩いてきて、サイドテーブルに雪だるまのでっかい尻をぶつけてしまい、プレッツェルのボウルが落っこちた。「どこへ行っちまったのかと思ったよ、ジェーン。おっと、ごめんよ」前かがみになってプレッツェルを拾おうとするが、太っちょの衣装のせいで床に届かない。

ジェーンが駆け寄り、彼をひっぱってまっすぐ立たせる。「気になさらないで、今だけテーブルの下に押し込んどくので」

「何を笑っとるんかね?」

「なんにも。ただ、あなたがここにいてくださって嬉しいんです。それだけ」

ビリー・ジョーは嬉しそうでもあり、ひどく困っているようでもあった。「よしてくれ」ともごもご言う。

一時間後、ジェーンはもうほとんどいつもの彼女だった。すでにジンジャーが、カメラマンや他のスタッフや機材を、強引に外へ出してしまっている。スタッフたちは電気コードを屋外のコンセントに差し込んだまま、局のヴァンでコーヒーを飲んだり、近くのコンビニエンス・ストアで暖を取ったりしていた。

ジュリーは警備員確保に失敗したが、ジェーンはランスが戻ってきたら玄関の錠をおろすだけにしようと決めた。武装した警備員たちで家の周囲を固められなかったのは、かえってよかったのかもしれない。だって、そんなことをしたらランスがどんなことをやりかねないか、考えてみるといい。何週間も夜のニュースで、そのことを吼え続けたかもしれないのだ。

ジェーンはタイトルまで想像できた。「真実の追究者に対して家をバリケードで囲む郊外の主婦――いったい彼女は、どんな醜い秘密を隠しているのか?」それがランス流だ。

ほとんどの客はニュース放送が始まる前に、余裕を持って引き揚げるつもりだと明言していたし、ちらちら腕時計を覗いている。それでもこんないいパーティをむだにはしないと決めていて、ご近所の噂話を交換し合い、心ゆくまで楽しんでいるようだ。男性数人が――それに当然ながらスージーも、引力で地下に引き寄せられ、そこでジェーンのコンピュータをいじくり回し、RAMやROMやモデムの速度の話をしていた。飼い犬のウィラードは今夜のために地下に閉じ込められていたので、仲間ができたことに興奮した。飼い猫のマックスとミャーオは、自分たちの家によそ者がいるのを嫌がり、怒って洗濯室に引っ込んでいた。

ひとまとまりの女性たちはキッチンに集まって、残っているデザートをつまみながらお喋りをしていた。ダイエットのこと、仕事のこと、買い物のこと。だがほとんどは、二週間もの間朝から晩まで子供たちがうちにいるさんざんな事態のこと。一人、ジョンソン家のせいでこの界隈の交通量があまりにふえたと、手厳しく批判する女性がいた。きっと、憂慮する住人だ、とジェーンは思った。『素晴らしき哉、人生!』を熱愛するひと握りの人たちは、居間に腰を据えてその六十七回目をテレビで見た。一人の男が、CMの間にスポーツ番組をやってるかどうかだけでも見せてくれないかとしきりに頼み、みんなにどやされていた。ランス・キングが戻ってくるというおそれがなければ、すばらしいパーティだとジェーンも判断したことだろう。

ジュリー・ニュートンはやっと泣いて謝るのをやめ、キッチンの改修の進みぐあいについて耳を傾けてくれる者に、誰かれなく話していた。アディは地元で文芸代理人をしている女性と親しくなり、遠方から作家を書店に呼び寄せるおぞましさについて、ぐちぐち喋り続けていた。

「彼女ったら夜七時以降、それに朝十時前は頑として飛行機に乗らないし、常に車に冷えたシャンパンがなけりゃならないし、ハンニバル将軍がアルプス越えをした時より大荷物を運ばせるのよ」アディが相手の女性にそう言うのを、ジェーンは小耳にはさんだ。

ジェーンの隣人が神妙にうなずく。「あたしたちが彼女をブック・ツアーに送り出す時なんか、かかりつけの美容師も連れてくってきかないの」

シェリイとジェーンは、ジェーンがお手洗い休憩をしに階段を上がっていき、シェリイが同じ用からおりてくる時に出くわした。「なんだかんだ言って、いいパーティになったじゃない？」シェリイが言った。

「うん」ジェーンは答えた。「あたしのもてなし技術のなせるわざだ」

「確かにあんたは立派なパーティ主催者よ、ジェーン。あたしよかね」

ジェーンは笑う。「それはね、あたしがみんなのやりたいようにさせとくからよ。あんたはさ、どこに坐って何を喋るかまで指図するんだもん」

「そんなことない！　あたしは有益な提案をするだけ。それに共通の関心事を持ってる人を引き合わせようとしてんの」

「ふうーん。それって、あんたが自宅で選挙人登録集会をやった時みたいに、過激な中絶賛成派の女性と、中絶救助隊《オペレーション・レスキュー》の男性を一緒に坐らせたりすること？」

「あれは失敗だったって、あたしもとっくに認めてるよ、ジェーン」シェリイは鼻息荒く言う。「いつまでも蒸し返さなくたっていいじゃない。でもあの二人だって、お互いに啓発される意見の交換ができたかもしれなかったんだ。どなり合うのをやめてくれさえしてたらね」

「そうかもしれないけど、飲み物をぶっかけ合う事態になっちゃ、おしまいよ」

ジェーンがそのまま階段を上がり、そのあとおりていくと、帽子とコートを手にしたジュリーが、玄関ホールに立っていた。「うちのベビーシッターは九時半に帰さなくちゃならないの。だからわたし、もう行かないと」

ジェーンはベビーシッターの話など一瞬も信じなかった。ランスが戻ってきて締め出される場面から、ジュリーは逃れたいだけなのだ。それでもいい。またヒステリックに謝り続けられては、ジェーンもたまったものではなかった。

「それなら、ちゃんと着込んでね。外はひどい寒さだから。あなたが持ってきてくれたおつまみの皿、明日の午後のクッキー・パーティ用にもらっといてもいいかな？」

「あら、どうぞどうぞ」ジュリーは、玄関ドアを開けてくれたジェーンに言った。「おつまみの盛り合わせ、うちにもまだ残ってるの。明日早めに来て、お皿に足しとくね」

ジュリーは玄関を出て、階段をおり始めた。一番下まで来ると、おそらくはもう一度後悔の言葉を口にしようとして、くるりと振り向く。が、その拍子に視線がジョンソン家の庭へ流れた。

ジュリーははたと動きをとめた。何かをじっと見つめる。

眼を皿のように大きくし、それから悲鳴をあげた。

ジェーンはよろめきながらポーチへ出た。ジュリーはジョンソン家を指さしている。はじめ、ジェーンは彼女が何をそんなに怖がっているのか見当もつかなかった。あのまがまがしい装飾を初めて見たせいではなさそうだ。その時、ジェーンの眼はジュリーと同じく家の正面、居間の窓のすぐ外にある橇《そり》とトナカイを凝視した。

先頭のトナカイが下へ落ちていた。石膏でできたその頭に、何か赤いものが載っかっている。

体だ。サンタクロースの衣装をつけた。

ジェーンが玄関の中に戻ると、そこにはジュリーがなぜ悲鳴をあげているのかと、見に集まった人々がいた。ジェーンは叫んだ。「メルーっ！」

10

「一分しかいられないが、今までにわかっていることだけでも、きみたちに知らせておきたい。キングが、ジョンソン家の屋根から滑り落ちたんだ」数時間後にメルは言った。「滑った跡がまだ残っているけど、どんどん融けてきている。石膏のトナカイには、角を固定しておくために、頭の部分に金属製の大釘状のものが取りつけられていた。その一本が、彼の心臓に刺さったんだ」

その場が震撼した。客の大半は長いことジェーンの家の庭に立ち並んで、警官隊や救急車や私服警官が動き回るのを見守ったあと、とうに帰ってしまっていた。ジェーンとシェリイはソファに並んで坐っている。マイクは母を守ろうとでもするように、ジェーンの側の肘掛け部分に腰をおろしている。アディ・ヴァンダインは、トッドやケイト同様、寝にいったあとだ。ジンジャーは残って、大工工具の折り畳み式尺のようにひょろひょろの長い体を、暖炉そばの床に横たえていた。その彼女が言った。「不快に聞こえたら申し訳ないけど、わたし喜んでるのよね、今夜局長に辞めるって電話をかけなかったこと。どうせ秘書課へ逆戻りなんだろうけど、ランスの下で働くよりはましだわ」

「彼、屋根の上で何をしてたの？」ジェーンはメルに訊いた。

「さっぱりわからん。きみは知ってるか、ジンジャー？」メルが言った。

「さぐりを入れてたんでしょ。たぶん」

「さぐるって、誰を？」メルが訊いた。

ジンジャーは肩をすくめた。「彼がわたしに打ち明けたことなんてない。いいえ、誰にもないわ。彼が扱う事件は視聴者だけでなく、局にとっても同じくらいの驚きだった。彼がトナカイに命中してくれてよかったわ。だってけがをしただけだったら、法廷でジョンソン夫妻を八つ裂きにしただろうから。彼は保険金請求のことを知りつくしてた。得意分野の一つだったの」

「どうやってあそこに上がったんだろ？」シェリイが言った。「屋根に上がるのは簡単じゃない。それもよ、雪の中でサンタの格好をしてればね」

「ビリー・ジョーは飾りつけを終えた時、裏庭に梯子を残しておいた」メルは言った。「裏の屋根はごく緩い傾斜だ。どこぞの大家が、二階にもっとスペースを作ろうとしてそんなふうに建てたんだろう」

ジェーンは左右に首を振った。「彼は悪党だったけど、ばかには見えなかった。屋根は融けかけて滑りやすい雪に覆われてたのよ。正面の屋根ほど勾配がきつくなくたって、やっぱり危険だわ。そんなところへ上がってまで見たいものってなんだろ？　それにもしもよ——なんであれ——まだ見てなかったとしたらどう？　あんな上にしつらえた飼い葉桶に、何日もひそんでいられると彼が考えたと思う?」

ジンジャーも同意して再び口を開いた。「彼は、お得意の装置の一つをあの上に仕込もうとしていたんでしょう。広範囲の盗聴装置や録音装置、遠隔操作のカメラを山ほど持ってたの。自分の車に暗視装置つき双眼鏡を載せて回ってたくらい」

シェリイは身震いした。「なんてゲスなやつ。それになんて因果応報な事故なんだろ」

一瞬静寂があったあと、ジェーンはメルに言った。「あなた、意見を言わないのね」

メルは彼女に片眉を上げてみせ、言葉に気をつけて言う。「事故ではなかったかもしれないという根拠があってね」

「まさか」ジンジャーが言った。「だって、屋根から石膏のトナカイに身を投げて自殺する人なんてどこにも——えっ、それってつまり——?」

「ここでお決まりの質問だ」とメルが言う。「はたして彼には敵がいたのか?」

「あなたのノートには、余白のあるページがたくさん残ってるわけ? 彼には敵しかいなかったじゃない」ジェーンは言った。「あなたの言う根拠って、どんなものなのよ?」

「裏の屋根に登った足跡が、ふた組あるようなんだ。一つはただ上がって、正面を滑り落ちて終わり。もう一つは、屋根のてっぺんまで上がり、それからそのまま裏側をおりて梯子に向かってる」

「他にも誰かが屋根にいたってこと?」シェリイが大声をあげた。「足跡は採取できないの?

ていうか、靴跡が正しいんだろうけど」

「あまりにずぶずぶでね」メルが言った。「積もった雪に雨が降って、輪郭が残ってるだけなんだ。雪が融けてるから、サイズだってわかりゃしない」

「それじゃ、誰かが彼を屋根から突き落としたってことだ」ジェーンは言った。

「結論に飛びつくなよ。そのふた組の足跡はおおよそ同じ時間についたものだ。別の誰かがまず先に上がって、キングがその男だか女だかを追っていたのかもしれない。あるいはキングが落ちたあとで、誰かが屋根に上がったのかも」

「そんなこと、誰がなんのためにするっていうのさ？」マイクが質問した。

メルは肩をすくめる。「俺は物理的な可能性を言っているだけだ。動機じゃなくて」

「でも、やっぱり誰かが彼を屋根から突き落としたって、考えてるんでしょ？」ジェーンは訊いた。

「証拠がないからなんとも言いようがないが、推測するとしたら、殺人じゃないかと思う。はっきりするまで、警察はその線で対応すべきだ。さあ、もう行かないと。ジンジャー、彼がファイルを保管してた場所を知ってるかい？」

「ファイルはないわ。彼は自分が放送する内容を、実際に放送する段まで誰にも教えたがらなかった。全部自分のノートパソコンに入れてあると思う」

「それはどこに？」メルは訊いた。

ジンジャーは、ジェーンがいつも坐るふかふかの肘掛け椅子を指さした。「あれがそのバッグみたい、ほら椅子の横にある。ジェーン、あなたのでなければだけど」

ジェーンは肘掛け椅子のほうにじっと眼をやった。「うん、あたしのは青いバッグに入ってる。彼、確かにそれを持ってきたわ。コーヒー・テーブルにぶつけて、蠟燭を倒しちゃったの」

メルはそのノートパソコンを持ちあげた。「家まで送るよ、シェリイ。それから警官の誰かに、ジンジャーを車まで送らせよう。しっかり施錠するんだよ、ジェーン」

マイクはジェーンを手伝って食器洗い機を空にし、食べ残しの料理を片づけると、地下室のペットを出してやりにいった。マックスとミャーオは忍び足で階段を上がってきて、家にまだ客がいるのではないかと警戒していた。そして、自分たちをかわいがろうとする他人が一人もいないのに満足すると、ジェーンの足元をくねくね歩き回って、食べ物を催促した。

「掃除機は朝かけるわ」ジェーンはキャット・フードの缶を開けながら言う。「夜更けにそんなことしてアディを起こしたくないもの。あんたは、今夜ウィラードが吠えまくって家じゅう走り回らないように、自分の部屋に入れておいてくれる?」

マイクはうなずき、ウィラードのがっしりした四角い頭を撫でた。ちらりと居間に眼をやり、言う。「考えようによっちゃ、とてもよかったんじゃないかな。ねえママ、あの男を殺したの、誰だと思う?」

「さっぱりわからない。誰がやってもおかしくないわね。敵が多い人だったから」

「でも、この近所の誰かには違いないだろ?」

「それはどうかしら。ジョンソン家に見とれる人たちで、通りはあの混雑ぶりよ。誰だって人目につかずにこの近所に来られたわ」

「だけど、どこへ来たらいいかをどうやって摑んだっていうの? あの短い中継時間に、彼は〝とある郊外〟について喋っただけだよ。どこにいるのか正確な場所は口にしなかった」

「ああ、その通りかもね。でもテレビ局のヴァンを見かけて、当たりをつけたのかもしれない。それか、テレビ局から彼をつけてきたのかも」

いかにも母親のせりふよねと、寝る支度をしていた時、ジェーンはふと思った。あれは我が子を――もう大きな賢い子であったとしても――安心させたいという自然な衝動だったのだ。ご近所は安全で、誰も彼に危害をくわえにきたりはしないと。

実際、ランス・キングが死んだ今、隣人たちが危害を受ける可能性は以前よりもなさそうだ。一人の人間の死に対して、なんとも皮肉でおそろしい見方だが、なにせ彼はとても危険な男だった。人生の破壊者だった。何があったら、人間はあんなふうになるのだろう? どんな背景があれば、他人から嫌われて喜ぶような人間ができあがるのだろう?

人から好かれたがるのが、心の奥にある当然の人間らしさだと、ジェーンはずっと思ってきた。少なくとも、人は尊重されたがるものだ。中には、誰かれなく愛されることに必死になる者もいる。そこまでいけば、極端というもの。たいていの人は数名――配偶者や子供や親友など――から愛され、もっと多くの人から尊重されれば、それでいい。だが、幼い頃から誰の愛情も得られないと感じていると、力がごく自然にその代わりとなってしまうのかもしれない。ランスは誰に対してもありすぎるほどに、そして本人のためにならないほどに、権力を蓄えていた。おそらく、他人の顔に恐怖の色を見て喜びを感じるタイプだったのだろう。恐怖は尊敬のようにも見えるから、とジェーンは思った。

彼女は服を脱いで、猫たちをどけながらベッドにもぐった。猫たちはすてきな暖かい場所を二つ残していた。ジョンソン家の庭のほうから、小さな声が聞こえる。警察とメルは、これから長い夜を過ごすのだ。

マイクの言う通りだ、と眠気をおぼえながらジェーンは思った。わかりきった推論――殺人――が正しければ、罪を犯したのはおそらく彼らの知っている誰かだ。

早起きをしたジェーンは、キッチン・カウンターの小型テレビの前で、コーヒーを飲んでいた。ランス・キングが勤めていた局にチャンネルを合わせる。ローカル・ニュースが始まった時、ジンジャーが生放送に出ているのを見てびっくりした。髪をきれいにセットした彼女が、ジョンソン家の前の通りに立っている。「当テレビ局でお馴染みの人気レポーター、ランス・キングが、昨夜ここで死亡しました」アシスタント兼使い走りからレポーターに昇格した緊張感は、微塵も感じられない声だ。「不可解な事故により、キングはこの家の屋根から転落し、致命傷を負ったのです。警察は、それが事故なのか殺人事件なのかの判断も、発表していません。お昼のニュースで追跡レポートを、夕方のニュースではランス・キングの生涯と業績についてのレポートをお届けする予定です。ではスタジオのアンにお返しします」

アンとチャールズは、バービーとケンと言っても通じる、朝のニュースのキャスターだ。二人して場にふさわしい厳粛な顔をいったん見せると、アンが微笑み、クリスマス休暇中に、ママやパパがせがまれて子供たちを連れていく地元での行事を報じ始めた。ジェーンはテレビのスイッチを切り、通りに面した窓辺へ近づいた。

マイクロホンをはずしたジンジャーが、玄関へやってくるところだった。ジェーンはドアを開けてやり、招き入れた。「たった今、ニュースに出てるあなたを見たわ」キッチンへ引き返しながら言う。「かっこよかったし、とても洗練された話しぶりだった」新しいカップを取り出し、ジンジャーにコーヒーを淹《い》れてやる。

「へまをやってなきゃ、いいんだけど」

「さっき喋らなかったことで、もっと知ってることは何かある？」ジェーンはいきなり切り出した。

「いいえ、ないわ。ただ、どう見えるか判断できるくらい、たくさん犯罪現場は見てきたの。きっと警察は、あれを殺人事件だと考えてる」

「あなたもそう思う？」

ジンジャーはうなずいた。「人を不幸にし続ける人生を送って、最後まで誰かに反撃されないですむはずがない。けんかになっただけで、ランスがうっかり滑った可能性もあるだろうけど、殴り合いの舞台に、雪に覆われた屋根なんか、たいていの人は選ばないと思う」

「ジンジャー、わかりきってることを指摘するのはいやなんだけど、ランス・キングの死ですでに得をした人物が、少なくとも一人いるわ」

「わたしのことね。わかってる。そりゃあ、あやしく見えるわよね？」ジンジャーは楽しげですらあった。「でもわたし、あなたの家から出てないわ。ずっと中でみんなとお喋りしてたもの。あなたのご近所さんって、すごくいい人たちよね」

ジェーンは首を振った。「スタッフが機材を外に出した時、手伝ってたじゃない」

やや咎めるような主張にも、ジンジャーはまるで警戒する様子はない。「えっと、そうね。その通りよ。だけどわたしずっとみんなと一緒だった。ねえ、まさか本気でわたしのことを――」

「いいえ、あなたが彼を殺したなんて思ってない。そうしたくなる衝動を、あなたがどうやって抑えていたかは全く理解を超えてるけど。あたし、考えてることをそのまま口にしちゃっただけなのよ」

ジンジャーが坐っているところからは、車路《くるまみち》が見えている。「あれ、小型の赤いＭＧが入ってきた。かっこいい」

「ヴァンダイン刑事よ。彼を家へあげてくれると助かるわ。その間に、あたしは気持ちを落ち着かせてくる」

着替えて手早く髪に櫛を入れようと、ジェーンは階段を駆けあがった。子供たちの浴室でシャワーの音がしていたので、彼らの寝室をさっと覗いてみたが、まだ全員ぐっすり眠っている。ということは、きっとアディだ。今日もどんより曇っていて、ジェーンの寝室も陰気くさく見えた。わずかなりとも日の光を入れるべくカーテンを開け、お隣のジョンソン家をしばらくじっと見ていた。梯子はまだ裏に置かれたままで、裏庭には二人男がいる。あちらこちらへ動いて視界から見え隠れしていて、何をしているかはわからないが、梯子から足跡でも採ろうとしているのかもしれない。彼女がいる方向からは、屋根までは見えなかった。

ジェーンが下へ戻ってみると、シェリイが来ていて、メルはジンジャーを追い返そうとしているところらしく、ジンジャーはそれを望んでいないようだ。

「いいか、きみは証人で、しかも死んだ男の知り合いだ」メルは説明した。「そういう人物として、きみの行動や感じたことをこちらは知る必要がある。しかし、報道記者でもあるきみには、他の人たちの証言を盗み聞きする権利はない。そういう流儀はきちんとわきまえておくべきだ。捜査をぶち壊しにしない範囲でなら、こちらもできるだけのことは教えるから」

「諒解、諒解」ジンジャーはしぶしぶ言った。「でも、やってみたって損はないでしょ？」

彼女はコートを拾うと、コーヒーカップを流しに置いて出ていった。

「なんていまいましい女だ」メルがこぼした。

「そお？　あたしはまあまあ好きだけどな」ジェーンは言った。

「彼女を正直だと思うか？」

「推察できるほど、彼女をよく知らないもの。彼女に何を訊いてたの？」

「彼女の行動と、ランス・キングの仕事のやりかた」

「彼がやってたことなんか、とても仕事とは思えない」シェリイが口をはさんだ。「彼女はなんて？」

メルが立ち上がって、自分用にコーヒーを注いだ。「彼女の話によれば、彼は自分が調べていることをひどく秘密にしたがっていたそうだ。彼女ときたら、今になって思い出したんだとさ。彼は全てのメモをコンピュータ用のディスクに書き込んでいたと。オフィスのコンピュータやノートパソコンのハードディスクには、何も記録しなかった。もっと早く思い出してほしかったよ。ノートパソコンに文書は一つもなかった。帳簿とゲームがいくつかあるくらいで」

「ゲームですって？」ジェーンは言った。「どんなゲームだってやる人間には思えないけど」

メルはその意見を受け流した。「部下の一人に、彼のオフィスのコンピュータを確認させてるが、ジンジャーの言う通りだとすると、何も摑めなそうだな。彼女の話だと、彼は調査中のディスクを常に携帯してたというのに、ジョンソン家の前庭で発見された時には、そいつを持ってなかった」

「誰かが盗んだってこと?」ジェーンが訊いた。

「かもしれない。あるいは、誰かが彼を突き落とす前に、むりやり渡させたとも考えられる」

「すると、なんであれ彼がばらしてやると誰かを脅していたものは、消えたのよね」ジェーンは言った。「それを聞いても、残念だとは言えないな」

シェリイが言った。「でもそうなると、それが誰か別の人間の手に渡ったことになる。人を殺せるような人間にね。ひょっとしたら、キングが持っていた他人の情報をそのまま利用してしまうような、非道な人間かもしれない」

11

「ジェーン、大きな紙を持ってきてくれないか?」メルが頼んだ。「きみとシェリイに、この区画の詳細な地図を描いてもらわなきゃならない」

ジェーンに見つけられた唯一の大きな紙は、クリスマス・プレゼントの包装紙の裏だった。

「じゃ、一軒一軒を四角で示してほしいのね?」はやばやと四角を描きながら訊く。

「番地も入れてくれ、できれば」

「あらま」シェリイが言う。「あたしたちってば、サンタさんの包装紙で、警察のお仕事をするわけね」

メルが彼女をにらんだ。「いいや。俺が何をすべきか把握するため、きみたちに協力してもらうだけだ」

ジェーンは四角を描き終えていた。「メル、こっちの四角は空き家。家が売れる前に、持ち主の一家はシアトルへ転勤になったの」その四角に×を書き込み、ちらりと彼を見る。

メルはうなずいただけだ。まだシェリイの言葉に気を悪くしている。

ジェーンは続けた。「うちに来られなかったお年寄りの夫婦が三組いるわ。クリスマスの間、子供や孫に会いに遠方へ出かける予定だったから」

「実際に行ったと、確実に言えるか？」メルが訊いた。

「いいえ、そこまでは。でも彼らからはそう聞いてる。口実としてうそをついた可能性はあるだろうけど、あたしはまずないと思う。それと、こっちの家の住人は、ゆうべ家族で出かけるミュージカルのチケットを持ってた」言いながら、また×を書き入れる。「それからこの家には、むかつくくらい魅力的なヤッピーの夫婦が住んでて、今頃バミューダで休暇中。これはミセス・エルドリッジで、ゆうべ自分の家でブリッジの会を開くのに、それは熱心だった。あたしにお断りをくれた人たちは、これでほとんど」

「わかった。次は誰が実際にパーティに来たか、そしていつ来たかだ」

「うんと、まずはジョンソン夫婦ね、もちろん」

「隣の田舎者かい？　彼らは、八時半から九時半までここにいたのか？」

「なんでその時間帯なの？」

「八時半に、俺はトッドがあのちっちゃい女の子を送っていくのを見ていた。で、ジョンソン家の装飾を見たんだ。死んでるサンタの影も形もなかったし、屋根の上で争いがあれば、きっと気づいたはずだ」

「そして九時半に、ジュリーが彼を発見した」ジェーンが言い添えた。「なるほどね。あたし、ジョンソン夫婦はその時間ずっとこの家にいたと思う。ビリー・ジョーは、あの雪だるまの扮装だし、ものを倒さないでは家の中を歩けない状態だった。あんな格好でどうやって梯子を登ることができたかなんて、想像もつかない」

「脱げば話は別」シェリイが言った。

「彼があれを脱ぎ着するには、手伝いがいったんじゃないかな」ジェーンは言った。「背中をずらっとボタンで留めてなかった？　彼とティファニーはとにかく目立ちすぎたから、誰にも気づかれずに抜け出すなんて、むりだったと思う」

「彼らはなぜ仮装していたんだろう？」メルが訊いた。

ジェーンは肩をすくめた。「見当もつかない。たぶん、彼らがどこの出かは知らないけど、そのあたりじゃパーティといえば仮装パーティってことになるんでしょ。あの家の装飾を見ればわかるように、見せびらかしたがりの傾向があるのもはっきりしているしね」

「なるほど。あとは一軒ずつ見ていこう。この角から始めて」

「そこの夫婦にはまだ小さい子供がいて、ありがたいことに、ゆうべは祖父母のところへ泊まらせたの。でなきゃ、ここへ連れてきたかもしれない。おっそろしいんだもん、あの子たち」ジェーンは喋り続ける。「うち一人は、ほんとのとこ、幼稚園から追い出されたりして。それというのも――」

「ジェーン！」メルが厳しい口調で言う。「その子が幼稚園で何をしようが、俺にはどうでもいい。その夫婦は、問題の時間帯にここにいたのか？」

「ええ、奥さんは映画を見ていた人たちの中にいた。すごく甲高い笑い声をあげる人で、それがずっとあたしの耳に入ってた。旦那さんは他の男の人たちと地下室にいたわ」

メルはメモを取っている。「名前は？」と訊いて、彼女の答えを書き留めた。「きみんとこの地下に外への出入り口はあるのか？」

ジェーンは首を振った。「うちの地下室、見たことあるでしょ、メル。出口はない。シェリイ、他に地下室にいたのは誰だった？」

シェリイはすらすら数名の名を挙げ、それを、映画鑑賞をしていた他の者たちの名と共にメルが書き留める。ジェーンはメルの母親とお喋りをしていた文芸代理人に×印をつけた。それから新生児を連れてきながら、誰にも抱かせようとしなかったシングルマザーと、脚の骨を折って両手で松葉杖をついていたスキーヤーにも。それで区画の住人の四分の三の動向を確認したことになる。

メルは片手で頭をかいた。「全員の確認を取らなくてはならないが、それでも、誰が優先順位の一番下にいるかはわかった。さて、その他はどう？　この何も書かれていない四角は？」

「ああ、それが我らのジュリー・ニュートンよ。今度のこと全部を引き起こしてくれちゃったうすぼんやりさん」ジェーンが言った。

「あの一時間に、ジュリーがどこにいたのか知ってるか？」

「二階のあたしの寝室で、警備会社に電話してた」ジェーンは、今さらのようにあのばかげた考えを恥ずかしく思った。

「きみの寝室からはジョンソン家が見えるだろう?」

「ええ、梯子の一番上が突き出てるのがね——メル、ジュリーを疑ってるんじゃないでしょうね?」

「ジェーン、俺の仕事は全ての人を疑うことだ。彼女がそこにいたのを、きみは確信してるのか? 彼女が梯子を登っていくランス・キングを見た可能性は?」

「えっと——あると思う。それに、警備会社から一人も呼べなかったと彼女は言ってた。実際に電話したかどうかは、あたしも知りようがないわ。でも、ジュリーってなにしろ変わり者だから!」

「変わり者が人殺しをすることはよく知られている」メルは言った。「きみの寝室の窓を調べたい」

三人はのろのろと階段を上がった。

「昼間だとよく見えるな」メルはジョンソン家を眺めながら言った。「夜には、あの装飾の照明が点く。裏庭には一つもないけどね。裏手にフラッド・ライトはあるのかな?」

ジェーンはうなずいた。「夜になると、この寝室はあの窓から照らされてカーニバルみたいよ」

ドアを軽く叩く音がして、アディが入ってきた。「まあ」驚いたふりをするが、あまりうまくやれていない。「メルが来てたなんて知らなかったわ」

「あたしもいますよ、ミセス・ヴァンダイン」別の窓からの眺めを確認していたシェリイが、浴室から出てきて言った。人の悪い笑みを浮かべている。

ジェーンは噴き出しそうだった。アディは彼らが階段を上がってくる音を聞きつけ、朝っぱらからメルがジェーンの寝室で何をしているのか確かめにきたに違いない。

メルは、もちろんそんなことには気づかない。「あれ、やあ母さん。今日は朝寝坊するんだろうと思ってたよ」

アディは困ったものだとばかりに笑う。「わたしが晩《おそ》くまで寝ないたちなのは、よく知ってるじゃないの。早起きして仕事をするのがすっかり身についているんだから」

これってあたしへのあてこすり？　ジェーンはちらりと考えた。いや、あたしがあらさがししてるのかな？

シェリイとメルとアディは一階へおり、ジェーンは残って子供たちの寝室のドアを叩き、もう起きる時間だと警告して回った。休暇に入ったとたんに朝寝坊を許そうものなら、夜中じゅう起きていて、ジェーンを眠らせなくするだろう。

他の三人がいるキッチンに彼女が戻ってみると、メルとシェリイはテーブルをはさんで坐っており、話をしていなかった。なんとも不吉な沈黙。

「メルがブルース・パージターのことを訊いてるの」シェリイが口を開いた。

「まあ」ジェーンは、ブルースが話してくれたおそろしい陥没穴の件を思い出した。それからすばやく選択肢を秤《はかり》にかけた。ブルースは秘密にするように誓わせたりはしなかったし、ジェーンにしても、殺人事件を解決するかもしれない秘密を黙っているつもりはない。とはいうものの、ブルースは家族の話が広まるのは本意ではないと匂わせていたし、彼女もアディの前でそんなことを洩らしたくなかった。アディには関係のないことだから。いや、メルの捜査に関わることでなければ、他の誰にだって関係ない話だ。

コーヒーを自分のカップに注いでいたアディが、余計な口をはさんだ。「ジェーン、わたしの息子は重大な犯罪を——死ぬ数分前まであなたの家にいた男の殺人事件を捜査している刑事よ。あなたには、彼に対して情報を渡さないでおく権利などありません」

ジェーンは、すさまじい勢いで首筋から顔が赤くなるのを感じ、シェリイが荒く息を吸い込む音を聞いた。だがメルが窮地を救った。

「母さん、ジェーンは高潔でいようとしているんだ。いつもそうしているように。そこも、俺が彼女を愛している数多くの理由の一つだよ」

ジェーンは涙が出そうになった。ところがアディは「愛している」の言葉に息を呑み、真っ青になっている。口を開けて喋ろうとしたものの、きゅっと唇を結び、大げさなくらい慎重にコーヒーカップを置くと、すたすたと部屋を出ていき、階段を上がった。

「彼女、知らなかったの？」シェリイが訊いた。

「知らないでいられたとは思えないね」メルは母親の嵐のような感情に困惑しつつ、それはそれとして受け入れた。

シェリイが口の動きだけで「全く男って！」と言い、ジェーンは微笑んだ。

メルは母親のことでくよくよ悩まなかった。その区画の地図の検討に戻っている。「ここにいるのは誰かな？　ああ、あのおちびさんか。あの子、なんて名前だ？」

「ペット。パトリシア・ドワイヤーよ」ジェーンは言った。

「どうして彼女の両親はここに来なかったんだ？　それとも、早々に帰ったのか？」

「あの子の父親は男やもめ。コンピュータを使って何かやってて、締め切りのある仕事をしているんだと思う。あたしの招待にわざわざ返事はしなかったわ。そのまま現れなかっただけ」

「あの子、誰もいない家に帰ったんじゃないだろうな？」メルは心配して言った。

「ううん、父親は家で働いてると言ってたから。自宅の他にオフィスがあるかどうかまでは知らない。彼はね、ものすごく娘のことに注意を払ってるの。だからあの子は夜道を帰るのにも、大人が見張っているところで、送り届けてもらわないといけない。それとね、車に乗せてもらうのも断らなくちゃいけないの。あの子の編み込みヘアまで、父親がやってるわ。あの子にホルモンと自立心が芽生える時期になったら、彼はつらい思いをするだろうな。いいお父さんには違いないけど、あまりいい隣人じゃない」

「ひどい恥ずかしがりやなだけかも」シェリイが言った。「恥ずかしがりやな人って、実際はそうでもないのに、傲慢に見えたり、とっつきにくく見えたりするから」

「スージーが彼のことを知ってるとか言ってなかった?」ジェーンは訊いた。「彼女に彼のことを訊いてみてもいいんじゃないかな」

メルは関心なさそうだ。作ったリストをじっと見ている。「きみたちの友達のスージーって、どうも怖いんだよな」別のことに気を取られている様子で、中途半端な笑みを見せる。「さっき言ってたよな、彼女は男たちと地下室にいたとか?」

「必然よね」シェリイが微笑んで言う。

「それから、もちろんジンジャーもいた。この地図上にはいないが」包装紙の地図を、メルはどうにかくるくる巻こうとしている。表の絵柄はとぼけた感じのサンタだ。なんであたし、こんなの買ったんだろ、とジェーンは思った。まあ、ふさわしくなくもない。でもこんなものをオフィスのデスクに置いたら、きっと彼は間抜けに見える。

「キングの他の番組スタッフはどうなの?」ジェーンは訊いた。「ずいぶん長いこと、彼の命令に従ってこなけりゃならなかったのよ。彼は一緒に働いていて愉快な人間じゃないわ」

「スタッフは三人いて、互いにアリバイを証明し合ってる。コンビニエンス・ストアでコーヒーを飲み、ドーナツを食べていたとね。店員によると、彼らのヴァンは——よく目立つ車だが——ずっと駐車場にとめてあったそうだ。それから三人とも、ランスを好きだったふりをするようなうすらばかではなかった。そんな真似をしたら、疑うところだけどね」

シェリイは顔をしかめた。「犯人が近所の誰かだなんて、あたしは確信を持てないな。ジュリーが彼を招待したことは、本人とジェーンとあたししか知らなかった。しかも招待はすぐに取り消したんだし」

「そうだね、でもジュリーのあの口の軽さは、あんたも知ってるじゃない」ジェーンは言った。

「彼女はたぶんこの区画の友達みんなに電話をして、有名人を呼んだ自分の大手柄について、騒ぎたてたのよ。それも、そんな爆弾をあたしに落とす前にね。でもって、あたしにその招待を撤回させられたことを、みんなに電話をかけ直して伝えたとはまず考えられない」

メルが腰を上げ、書類をかき集めた。「俺は、きみたちのミスター・パージターに会いにいく」

「いいわ」ジェーンは明るく言った。「あたしは、今日も主催するパーティがあるの」

「母さんに、挨拶してきたほうがいいな」

「暖房炉はもう直ったの？」ジェーンは、ややとげのある訊きかたをした。不覚にも。

「どうかな。でも、どうして？　母さんが迷惑をかけてるんじゃないだろうね？」

「えっ、違う。ぜんぜんかけてないよ」ジェーンは作り笑顔で言った。

彼が行ってしまうと、シェリイが考え込んだ様子で言った。「聖書は間違ってると思う」

「聖書？」

「そうよ。あの話じゃ、神はアダムの肋骨からイヴをお作りになったわけでしょ。あたし、神はアダムの脳みそからイヴをお作りになったと思うのよね。だからこそ男ってああなの」

ジェーンは笑った。「アディは彼の母親だよ、シェリイ！　自分の母親の気持ちを見透かせる男が一人でもいたら、名前を挙げてみて」

「むり。だからあんたはね、そこんとこを頭に刻んどくのが賢明よ」

12

ようやくもぞもぞと起き出した子供たちは、だらけた様子でおりてくると、自分の朝食を作るにあたって、各自のだらしなさの程度に応じてキッチンを汚してくれた。トッドがシリアルにかけていてこぼしたミルクのあとを、ケイティが食べこぼしたクッキーのかすを、マイクが落としたグラノーラ・バーの包装紙を、ジェーンはめいめいに掃除させた。聖歌の集いのパーティのあと、昨夜のうちに洗い物も片づけもしっかりやっておいたので、クッキー・パーティの前にすることは何も残っていなかった。あとは、ちょこちょこっと、気づいたところをきれいにするくらいだ。ジェーンが掃除機をかけている間に、シェリイは食堂のテーブルに新しいクロスをかけた。子供たちは姿を消していて、アディはあれから一階におりてきていない。

ジェーンとシェリイは居間に腰をおろした。「あたしがちょっとでも正気なら、この時点で半狂乱になってる」ジェーンは言った。

「そんな必要ないもの。何もかもちゃんとコントロールできてる」

「そこがおっかないとこなのよ。全てがコントロールできているような時こそ、水道管が詰まったりとか、暖房炉がいかれたりとかするんだもん。そういう法則なの」

「暖房炉といえば、それも特にメルんとこのだけど」シェリイは声を低くして言う。「親愛なるアディを、あとどのくらいここに置いとくことになりそう？」

「そんなに長くはない、と願ってる。あたし彼女を好きになりたいよ、シェリイ。なのにとにかくそうできないの。立派な仕事をしてメルを育てた人だし、そのことでは尊敬すべきなんだけど、でもね――」

「彼女がメルを手放したがらないって？」

「あたしはそう考えてる。でなきゃ、たんにあたしが気に入らないだけかも。もっともな理由でね。あたしは彼よりいくつか年上だし、成長した息子が一人、十代の子供が二人いて無職。成功している仕事とか社会的な地位とか、彼女が嫁に求めたくなるようなものは何一つ持ってない。あたしの支えになって子育てを手伝ってくれて、大学の授業料やらなんやらを払ってくれる夫を探してるだけだと思われても、彼女を責められないよ」

「あんた、夫を探してんの？」シェリイが訊いた。

ジェーンはまじまじと彼女を見た。「シェリイ、びっくりさせるわね。あんたってば、いつもはあたしの考えを代わりに言ってくれるのに。尋ねるんじゃなくて」

「だから、尋ねてんの」

「旧《ふる》いタイプの夫なんか、探してない。スティーヴが死んでからのこの何年かは、人生で最高と言ってもいい日々だった。ええとね、それはスティーヴの人となりによるところが大きいと思う。でも、あたしは今のままの状態でとても幸せだし、男のブリーフを洗ったり、靴下の仕分けをしたりするのが恋しいわけじゃない。寝室のクローゼットも抽斗も全部あたしのものにして、読みかけの本をベッド一面に散らかしとくのも気に入ってる。昔、スティーヴはベッドにもぐり込んで、枕の下にアガサ・クリスティの一冊を見つけては、カンカンに怒ってたっけ」

シェリイの注意がふとそれた。「二階のあの変な音、なんだろ?」

「たぶん、マイクが物を動かしてるのよ。それか、ケイトが八十回目の模様替えをしてるんでしょ。思い切ってランチに出かけるってのは、どう? お客さんたちは二時まで来ないの。コーヒーを淹《い》れ始める前に、余裕で戻ってこられるよ」

「じゃ、アディを誘わないとまずいんじゃない?」シェリイは憂鬱そうに言う。

ジェーンはため息をついた。「そうだよね。運がよければ、断ってくれるかも」

ジェーンは二階へ行って、裁縫室のドアを軽く叩いた。「アディ? シェリイとランチに出かけるんだけど、一緒にどうかなと――」

アディがドアを開けた時、彼女は喋るのをやめた。

数分後に、ジェーンは足を踏みしめながら階段をおりてきた。「行きましょ。今すぐ」にこりともしないで言う。

シェリイはその危険な兆候におぼえがあったので、さっさと足をブーツに突っ込み、コートを摑んだ。その直後、シェリイの家の車路《くるまみち》にとめてあった彼女の車に、二人で乗り込んでいると、ペット・ドワイヤーがジェーンの側の窓を叩いた。ジェーンは、ぎょっとして悲鳴をあげ、それから窓を開けた。

「ミセス・ジェフリイ、今日はクッキー・パーティを開かれるんでしょう?」

「そうよ。ただね、残念だけど子供は招待してないの」

「でも、うちのパパは招待されるでしょう?」

ジェーンは一瞬考えた。ご近所のクッキー・パーティは、昔から女の子女の子したものだが、時代は変わったのだ。ペットの父親だって、ジェーン自身と同じくずっと家にいるシングル・ペアレントではないか。

「ええ、もちろんよ、ペット。ごめんなさいね、もっと早くにお父さんを誘うことを考えてなくて。今から出かけるとこだけど、途中でおうちに寄って、お父さんに訊いておくわ」

「その必要はありません。わたしから伝えますので。父はファッジを持ってくるんです。今、作ってるところなの」

「あなたさえよければ、それでかまわないわよ」ジェーンは言った。遅まきながらの招待は自分ですべきだとわかっているけれど、最前のアディとの対立にあまりに動揺してしまい、もう一人難しい人を相手にするのはむりだった。

ペットが安全のために辛抱強く動かないでいるそばで、シェリイはいつものぶっ飛ばしスタイルの運転で、車をバックさせた。「どうなのかな、誘いを乞いにきたのはペットの考えか、それとも彼女の父親の考えか?」前へ走りだした時、シェリイは言った。

「へっ? ああ、いい質問ね」ジェーンは言うが、他のことに気を取られていた。「どうも父親のほうかもしれない。だってペットは、彼がもうファッジを作ってるって言ってた。礼を尽くすようペットにつつかれなくたって、彼をちゃんと招待しておくべきだったのに」

それからは話をしないまま、二人は近所の小さな中華料理店に着いた。そこは、二人のお気に入りのレストランだ。十一時十五分になったばかりだったし、二人が一番乗りで、まだ他に客はいなかった。ランチはビュッフェ式で、ちょうど料理が並べられたところだ。シェリイは二人ぶんのジャスミン・ティーを注文し、それから前へ身を乗り出して言う。「あんたさぁ、全部喋っちゃいなさい。何をそんなに怒ってんの?」

「彼女が裁縫室を模様替えしたの。それがね、ベッドを反対側の壁際に移動させて、ソーイング・テーブルを窓の前に持っていってた」

「アディがベッドを移動させた?」

「あれは小さいちゃちなベッドだし、キャスターつきだもん。でも、問題はそういうことじゃない。あれはあたしの家よ。あたしの裁縫室よ。窓に近いほうがもっと明るいことなんか、どうでもいいの。あたしの好きなようにしてたのよ。彼女ほど洗練された女性が、客としてあんな真似をして許されると思ってることが信じられない!」

「もう、ジェーン！　しっかりなさい！　もちろん、そんなこと彼女は承知のうえだって。あんたはポイントをはずしてる」

「っていうと？」

「彼女はあんたに見せつけてるの。あんたが彼女のかわいいボクちゃんと結婚しようものなら、どんな姑《しゅうとめ》になるかってことをね」

ジェーンはいっときシェリイを凝視し、それから言った。「その通りだ」にわかにあの出来事全部がおかしくなった。「もっとひどいことをされてたかもしれないもんね。髪を染めて、浴室をめちゃくちゃにするとか。じゃなきゃ、あたしのセーターというセーターを、漂白剤で洗うとか。軽いお仕置きですんだってことか」

「こんなこと、早いうちに芽を摘まなきゃだめ、ジェーン。彼女が別のことを思いつく前にね」

「あら、やるつもりよ」ジェーンはハイエナのようににやりとした。

シェリイは優美な眉の片方をはねあげたが、それ以上追及しなかった。そしてちらりとビュッフェ・テーブルに眼をやった。「あっ、見て、スパイシーな極上ビーフとホタテ貝の料理が運ばれてきてる！」

二人はほとんど口もきかずに、大好きな中華料理を全く淑女にあらざるマナーでがつがつ食べた。ついにお腹がふくれ、口のまわりがぎとつくのを感じつつ、満足しきって椅子の背にもたれた。

ジェーンはフォーチュン・クッキーを割ってみた。占いの紙に〈賢明なる者は時間を宝物のように使う〉とあるのを読みあげた。「なーんだ！　こんなの占《フォーチュン》いじゃなくてお説教じゃん。フォーチュン・クッキーには、ちゃんと占いが入ってなきゃ。たとえば、〈十七日間のうちに、莫大な財産を相続することになるでしょう〉とか、〈老いてよぼよぼになり、パンティを頭にかぶりたがるようになった時、娘がかいがいしく面倒を見てくれるでしょう〉とかね。あんたのは、なんて書いてあった？」

シェリイは小さな細長い紙を開いた。「〈ご子息が、ハーヴァード大学での全額支給の奨学金を獲得するでしょう〉」

「うそ！　そんなこと書いてない」ジェーンは言って、その紙を摑み取ろうとした。が、シェリイはあと少しなのに手の届かない場所に掲げている。

ウェイトレスが、淹れたてのジャスミン・ティーのポットを持ってきた。シェリイは腕時計を確かめた。「まだまだ帰らなくても大丈夫。お昼のニュースでは、ランス・キングが死んだこと、どんなふうに言ったのかしらね？」

ジェーンは肩をすくめた。「お祝いのパレードが計画されてるとかって言ったんじゃない。実際、どうやったら人から嫌われたがるような人間になるんだろ？」

「根っこはおそれじゃないかな。人に好かれないことがわかっていたから、その代わりにおそれられたかった。そうなることで、力を感じられた。そこは明白。同情と愛を同一視する心気症患者みたいなもん」

「彼が誰のボタンを強く押しすぎたのか、思いついたことってある?」

「ぜんぜん」シェリイは正直に言った。「だけど知りたい。メルが正しければ、近所の誰かである可能性が高いってことよね。引き出されて、刑務所にぶち込まれるべき人物」

「それはどうかなあ」ジェーンは言った。「車で通りかかって、ジョンソン家をぼうっと見てた人が大勢いたよ」

「でも、そのうち何人がこんな独り言を言ったと思う? 『おっ、生涯の仇敵ランス・キングが屋根の上にいるじゃないか。ちょっとひと突きしてやるか』それにさ、車で通りかかった人に裏の梯子が見えたはずないし、ましてや屋根の上の男がサンタ姿のランス・キングだとは思いもしないよ」

ジェーンはうなずいた。「そうだよね。たぶん、メルの言う通りなんだ。あたし、ゆうべは誰がいつどこにいたかを思い出そうとして、よく眠れなかった。なのに、何もかもぼやけてたの。あたふたしまくってたから、自分がどこにいたかすらよく思い出せなかった。お客さんのことなんか、もっとおぼえてないよ」

シェリイはお茶を飲んだ。「それが誰だろうと、いないことに気づかれるほど時間がかかったとは思えないんだよね。もし誰かがキングを追っていたとしたら、こっそり外へ出て彼が梯子を上がるのを見届けてから、ついていけばいいだけじゃない。あとはすばやいひと突きで、事足れりでしょ」

ジェーンは言った。「だけど、どうしてちょうどその時に彼をつけたんだろ？ 滑りやすい危険な屋根にこれから上がるつもりだなんて、彼は言わなかった。他のスタッフたちとテレビ局のヴァンに戻ってもよかったんだし」

「彼が梯子を登るところを、誰かが見かけたのかもしれない。それか、隣の家との境に入っていくところを。あんたの家の食堂の横側にある窓からだったら、そのあたりが見える。ううん、アリバイなんかきっとあてにならない。大事なのは動機。そしてたくさんの人が、彼に死んでほしいもっともな理由を持ってる」

「ブルース・パージターのことを考えてるの？」

「そう真剣にじゃない。でも彼の名前が思い浮かんだのは確か」

「それは、彼が身の上話をしたからこそよね」ジェーンは言った。「あの男に傷つけられてもその話をしていないだけの人が、他にどれだけいることか、考えてもみてよ」

シェリイがまた腕時計に眼をやった。「そろそろ出たほうがいいと思う。自分のクッキー・パーティに欠席したくないでしょ」

「賭けてみる？」ジェーンは訊いた。

13

二人が家に戻ってみると、MGが通りにとまっていて、中にいたメルが読んでいた報告書をあわててしまった。勝手口で二人に追いついた彼に、ジェーンは尋ねた。「さっきのって、検死報告書?」

「まだ予備調査の段階だ。目新しい点はなかった。トナカイの角についていた金属の支えが、彼の大動脈に突き刺さったんだ。ほぼ即死だな。他の軽微なけがは、致命傷にはならなかった」

「どうやったらそんなことが起きるのを、計算できるんだろ?」ジェーンは訊きながら、コートを脱ぎ、シェリイとメルのコートも預かって、一時置きの棚においた。

「まあ、できないだろうな」メルが言った。「この事件は熟慮のうえの計画には見えない。誰かがあの状況を利用しただけのようだ。おそらくキングが死んだってかまわなかったんだろう。とにかく痛い目に遭って引きさがり、もうちょっかいをかけてこなければ、それでよかった」

「でも、もしキングが襲撃者の顔を見ていたら——そして生き延びていたら?」ジェーンは疑問を投げた。「状況はますます悪くなるだけじゃない?」

「その答えはまだわからない。正直な自白でも得られないと、答えのわかる日が来るかどうかさえ疑問だ。これまでに知りえたごくわずかな事実から見れば、衝動的な犯罪に思える。キングを憎んでいた誰かが、彼に危害を加える好機だと見て、他の選択肢を考えずにその機会に飛びついた、って感じだ」

「あんたがあのピンヒールを買った時みたいなもんか、ジェーン」シェリイがにっと笑った。

「先のことも、決断のよしあしも全く考えないのよね」

「ピンヒールって？」メルが訊いた。

「気にしないで。誰でも思いつきでとんでもない真似をする、そう言いたかっただけ」

「俺は、殺人を思いつきとは呼ばない」メルが言った。

こんなに堅苦しいのはメルらしくないと、ジェーンは思った。明らかに事件の捜査がうまくいってないのだ。「そうね、あなたが言ってるのは、それが感情に委《まか》せた行動だったということ。そんなの、たいていはただの思いつきよりもっと愚かだわ」

「思いつきといえば、きみたち、母はどうしたんだ？」

「空港へ送ってった」シェリイは彼に聞こえないよう声を殺して言ったが、ジェーンには聞こえた。

「お昼ご飯を一緒にどうかと誘ったんだけど、中華料理は好きじゃないんですって」ジェーンは答えた。「まだ二階にいらっしゃると思う」

「母が苦手なのは化学調味料さ。俺、どこか食事に連れてったほうがいいだろうな」そこで黙り、二人が解放してくれるのを待つ。

ジェーンとシェリイは慈悲深く微笑みかけた。残り物がたくさんあるから二人で食べていいわよと、ジェーンは言いたくなったが、黙っていた。しばらくアディに出かけてほしかったのだ。裁縫室の家具をとっとと以前の位置に動かす間だけ。

「ブルース・パージターとは話した？」シェリイが訊いた。

「ああ、じっくりとね。陥没穴のことも、不祥事のあとお父さんが健康を害して亡くなったことも話してくれた」

「それで、彼にはゆうべのアリバイはあるの？」ジェーンは問いかけた。

「まあね」メルが答えた。「彼は、ランス・キングが近所に来るかもしれないことを母親に知らせ、できるだけ目立たないようにしていようと、二人で決めたそうだ。母親の寝室と居間は家の裏手にある。家の前面の電気を全部消して、母親は寝室へ入り、ブルースは地下室で夜を過ごした」

「地下室で？　隠れてるとか、何かそういうこと？」シェリイが言った。

「いや、彼は地下にとてつもない木工の作業場を持ってるんだ。来月の母親の誕生日のために、宝石箱を作っていたらしい。雑誌に載っていた設計図と作りかけの箱があった。ちなみに、信じられないくらいみごとな作品だったね」

「すると、アリバイ作りのために、今朝あわててこしらえたものではないわけね？」ジェーンは訊いた。

「そういうこと。しかし、それで何が証明されるわけでもない。一週間前に作っておいて、ゆうべやったのだと言っただけかもしれないしね。確かに好ましい人物のようだよ。しかし、暗くなった二階の窓から覗いていて、屋根にランスがいるのを見つけ、彼をひと押しすべく一区画走っていったりしなかったとは、信じるに足るものがない。彼の母親は、訊かれてもいないうちからやや耳が遠いことを認め、実際、居間のテレビの音はかなり大きくしてあった」

「じゃ、彼は容疑者なの？」

「ジェーン、今の時点では誰もが容疑者だ。俺はすでに、ここにいた者全員に一回目の事情聴取をやってきた。彼らが事件をどう思っているかを聞き出し、いつ誰がどこにいたかのリストを作るように依頼した。ところで、〝ランス・キング〟というのは芸名だったよ」

「そうなの？　本名は？」シェリイが尋ねた。

「ハーヴェイ・ウィルハイト」

「ウィルハイト？　隣人の一人がウィルハイトって名前だけど」

「シャロン・ウィルハイトだろ」メルが言った。「その通りさ。そして彼女は彼の妻——というより元妻、だな」

「うそーっ！」シェリイが叫んだ。

だが、それ以上彼女たちが質問する前に、アディ・ヴァンダインが下へ呼びかけた。「メル？　あなたなの？」

　メルが母親に会いにいき、そこで声を押し殺し、怒ったようにまくしたてる会話が始まった。ジェーンとシェリイは洩れ聞こえてこないかと耳をそばだてたが、聞き分けられた二、三の言葉だけでは、およそ意味をなさなかった。「母さんをちょっとランチに連れていく」彼はキッチンに戻ってきて知らせた。あまり愉快そうじゃない、とジェーンは思った。殺人事件の捜査なのに、貴重な時間を取られることに腹を立てているから？　それともさっき母親とひそひそ喋っていた話の内容のせい？

　メルと母親の姿が見えなくなったとたん、ジェーンとシェリイは猛スピードで階段を駆けあがった。反対側の壁からベッドを元に戻し、小さなソーイング・テーブルを、前にあった場所へ滑らせて移動させる。「なぜ家具を動かしたのか、彼女は説明した？」シェリイが問いかけながら、テーブルの下にきちんとごみ箱をおさめる。

「ううん、そのことにはどちらも触れなかった。あたしは驚きすぎちゃって、犯罪並みに無礼なことしか言えなかっただろうし」

　二人は最後にもう一度部屋を見回すと、裁縫室兼客用寝室のドアを閉めた。

「あたしってば、たった今、ＴＰ（家や庭木などにトイレットペーパーをほうりあげ、垂らして飾る子供のいたずら）をみごとにやってのけたティーンエイジャーの気分！」シェリイが上機嫌で言った。

スージー・ウィリアムズが、クッキー・パーティへの一番乗りだった。ものすごくぴったり体に合い、しっかり補正されたグリーンのスーツをまとった彼女は、とびきりすてきだった。スーツのグリーンは、彼女のグリーンがかった青い眼をいつにもまして華やかに見せていたし、髪はプラチナ・ブロンドに染めなおしたばかり。全盛期のメイ・ウエストを思わせる大柄な女。しかも下卑たユーモアのセンスが備わっている。「あたし早かったよね。ごめん。でもさ、ガードル商売なんかやってる身としちゃ、状況が悪くなる前に、なんでも手に入れとかないとね」

「スージーったら、なんてすてきなクッキーだろ！」シェリイの言いかたは、厳密には礼儀正しさをやや超えた力が入っている。スージーが持ってきた箱には、アイシングをほどこした数ダースの小さなクッキーが入っていて、ミニチュアのケーキにも見える。「今日作ったの？」

スージーは噴き出した。「今日じゃないのよ、あんた。いつでもないの。これはね、ケーキ屋から……ほら、あなたのためにあなたの料理をお作りします、って店の一つ……そこからそのまま持ってきたわけ。あたし、誰からも言われてないもんね、このパーティに来るには、いまいましいクッキーなんかを、このあたしが自分で作らなけりゃなんないなんてさ」

「どこのケーキ屋さん？」シェリイが斜《はす》に見ながら訊く。「こんなすてきなものを作れる店、見つけたことないのよね」

その風変わりな小さいケーキ屋への行きかたを、スージーがシェリイに説明している間に、ジェーンは彼女のクッキーをお客様用の皿に並べて言う。「スージー、ほら早く、みんなが来る前に教えてよ、なんとかドワイヤーのこと」

「サム・ドワイヤー」スージーが答えた。「男やもめで身入りのいい職に就いてるって聞いてる。それだけで、あたしには口説き落とす対象として考慮すべき男ってこと。去年の秋のある日、彼が庭で落ち葉をかき集めてたの。だからあたし、彼と話をしようと思って、めかし込んでそこまで歩いてったわけよ。彼のことちょっとばかり聞き出そうとするんだけど、これが難儀でね。だってあの男、だんまり屋でさ。やっとのことで、ペットが三歳の頃に、女房を交通事故で亡くしたことは口を割らせた。ハリケーンが襲ってきた時に、道路が水浸しになってどうとか言ってたから、南部のどこかだね。あんまり悲しそうには見えなかったし、あたしの印象だと、もしかしたらもともと結婚生活に問題を抱えてたのかも」

「どうしてそう思うの？」シェリイが訊いた。

「んと、そのあと彼が言ったんだよね、ここでの静かな生活をすごく気に入ってて、それは大変な変化なんだって。彼はとにかく徹底した隠遁者だと思う。で、女房は現実的で贅沢な暮しをしたかった——週に一度デニーズなんかに出かけるとかさ」

「どんな仕事で生計を立ててんの？」ジェーンは尋ねた。

「何かコンピュータ・プログラムに関係すること」

「たいした助けだわ」シェリイが言う。「それくらいなら、あたしたちだって知ってた」

「他に何を言えっての？　コンピュータはちんぷんかんぷんなのよ」スージーが言った。

「なんだかよくわからないけどさ、彼は自宅でその仕事をしてる。でも彼の最大の関心はペット。あの子のこともオタクって呼べるんなら、あのオタクのちびっ子を、すごく大事にしてる。あの子のこととなると喋るったらないよ。優秀な成績のこと、何も言われなくてもきちんと部屋を掃除すること、コンピュータに関する才能があること、早くも料理をおぼえていること」

「彼女の作ったファッジがその一例なら、まだ道は遠いな」ジェーンは言った。「かわいそうなおちびちゃんのペット。あの子が花開いて、彼から自由になりたくなった時、いったいどういうことになるんだろ？　彼がそこまで献身的な父親なのはすばらしいことだけど、この先は面倒なことが待ってるよね」

「まあね、あたしの面倒にはなんないから」スージーが言った。

「結婚競争から、彼をはずしたわけ？」シェリイが訊く。

「残念ながらね。ガレージにはベンツがあるのにさ」

「彼がベンツを運転するの？」ジェーンは大声をあげた。

「実際に運転するんじゃなくて、ガレージに置いたまんまにしてある感じ。あたしがそれを見たのだって、彼が熊手をしまうのに、ガレージの扉を開けたから」スージーは言った。「彼があの家から出かけるのなんか、あたし一度も見たことない。あんたたちは？」

「考えてみたら、あたしもないな」ジェーンは言った。「でも誰が出かけ、帰ってきたかを、そう注意して見てるわけじゃない。彼も食料品店とか床屋とか、たまにはどこかへ出かけなきゃならないはずだし。クッキー・パーティには来る、と思う」

「うそお！　ぴったり閉じた貝から姿を現して、人づきあいをするって？」スージーが言う。

「たまげた」

ジェーンの姑《しゅうとめ》のセルマが、一番手で到着した。セルマは近所に住んでいるわけではないから、理論的には客に入れるべきではない。だがジェーンがうっかりこの計画を口にした時、セルマは招待されたものと思い込んだため、撤回のしようがなかった。セルマはジェーンが生きるうえでの悩みの種であっても、子供たちの祖母でもあるのだから、必要以上の頻度で怒らせてはならない。

だが、今日は画期的な日になるだろう。

「このままここにいて、二人とも」ジェーンは命令した。「そしてあたしに賛同して――たとえ賛同してなくても」

シェリイとスージーは当惑した顔で見合ったが、キッチンに残り、そこへセルマが入ってきた。二人とも彼女には何度となく会っていたから、うわべだけ陽気な挨拶が交わされた。するとセルマは、ジェーンが予期していた通りのことをやり始めた。

「ねえジェーン、あなたにちょっとしたものがあるのよ」セルマはハンドバッグをかき回し、一枚の小切手を取り出した。それはセルマにとって、いっときの勝利だった。彼女は毎月の小切手を渡すのが好きなのだ。それも、できれば見ている者がいる前で。

このシナリオでセルマはレディ・バウンティフルとなり、気前のよい贈り物だと言い張って授けるのを好んだが、そもそも贈り物ではないのだ。ジェーンの夫スティーヴとその弟テッドと母親セルマは、小さな薬局チェーンを共同経営していた。そしてジェーンとスティーヴが結婚したばかりの頃に、厳しい経営危機があり、ジェーンは小額の遺産を薬局に投じて、なんとか経営が立ちゆくように援助した。スティーヴは、そういう事情から、今後は彼が受け取る利益をジェーンのものにもするという、契約書の作成を主張した。だから、スティーヴが死んで数年たつ今も、ジェーンは薬局の利益の三分の一に対して権利を持っているのだ。もちろん、当時のスティーヴに死ぬつもりはなかった。契約書は純粋な感傷によるもの——新妻への感謝の気持ちだったのだ。

ところが彼の死後、セルマは月に一度、ジェーンに小切手を与える儀式を行ってきた。まるでそれが自分からの——自分のやさしさからの——贈り物であるかのように。そして年々、その贈呈式のたびごとに、ジェーンはいっそう怒りと屈辱をおぼえるようになった。だが今後、事態は変わる。それはジェーンからジェーン自身への贈り物になるのだ。

彼女はセルマから小切手を受け取り、きちんと折り畳んでポケットに入れた。微笑みを浮かべて言う。「セルマ、わざわざこんなことをしていただくのも、これが最後です」

「どういうこと?」セルマは顔を輝かせた。明らかに、ジェーンが利益の権利を手放すつもりしだと思っている。

「今週、銀行と話をして、お金は自動的にあたしの口座に振り込んでもらうように手配しました」正確には本当のことではない。薬局の会計係の了承を得なくてはならないが、彼にはあとで話をつけよう。「もう小切手にわずらわされることも、なくなるんですよ」

セルマは完全にふいを突かれていた。「でも、ジェーン、わたしはあなたに小切手を渡すのが好きなのよ」

ジェーンは微笑みをそのまま凍りつかせた。「それは知ってますけど、あたしは好きじゃないんです、セルマ。こうしたほうが、ずっとうまくおさまりますよ」

セルマが反撃すべく心を落ち着かせようとしているそばで、しばらく唖然として黙っていたシェリイが口を開いた。「ジェーン、なんてすばらしい考えなの！　ミセス・ジェフリイから、手渡しのわずらわしさを省いてさしあげようなんて、ほんとに思いやりがある。それに、帳簿つけだって、そりゃあもう楽になるし」

スージーは、この裏に流れているものがなんであるかなど知らなかったが、今や満潮の時であるのを悟り、後押しした。「あたしも給料支払小切手はそうしてんの。直接、銀行に電信で入るのよね。小切手がなくなったりしないかって心配は、もう一切ない。それに税金申告の時は、あたしも会社も前よりはるかに楽ちんよ。取引内容が全部自動的に記録されて、一月にそれを機械が吐き出すってだけ」

「でも――」セルマは言葉に詰まった。

「こうしたほうが、みんなのためによくなります」ジェーンはきっぱり言った。とてもきっぱりと。

呼び鈴が鳴ったので、「あら、またお客様」とジェーンは言い、キッチンをあとにした。玄関ホールで足をとめ、さらっと静かに勝利のダンスを踊ってから、度を超した微笑みを浮かべ、ドアを開けた。

14

玄関にいた近所の老婦人二人は、ジェーンのあまりに熱烈な歓迎ぶりにおそれをなしたようだった。ジェーンは、メルが母親を送り届けに車路《くるまみち》へ入ってくるのを眼にした。彼女は隣人二人を招き入れ、コートとクッキーの箱を預かり、シェリイがキッチンで、アディ・ヴァンダインをセルマ・ジェフリイに紹介している声を耳にした。あの二人、お互いのことをどう判断するんだろ、とジェーンは思った。メッタぎりだろうな、きっと。

メルは中に入りもしないで去った。ジェーンはまたせっせとクッキーをトレイに並べ、次の客を玄関で待つ。女性の一団が、いちどきに集まった。その一人が、シャロン・ウィルハイトだった。ジェーンは彼女を脇へ連れていって、ランス・キングのことを質問したくてうずうずしたが、クッキーを抱えて集合した隣人たちの前では、そうもいかない。

パーティはどこをとっても大成功のしるしが見えた。ダイニング・テーブルにはクッキーの──みんなの一番凝った手作りの──トレイがびっしり並んでいる。すてきな形をしたクリスマス・カラーのさまざまなスプリッツ・クッキー（クッキープレスに生地を入れ押し出して作る）、デイト・ロール、砂糖衣をかけた小さなナツメグ・ログ（ナツメグ入りの生地を棒状にしたもの）、ジンジャー・スナップ（丸い形で薄くて割れやすい。

しょうが味）、ラム・ボール（ラム酒を効かせたボール状のスポンジをチョコレートで包む）——甘い喜びの数々。家の中に漂う匂いは、シナモンの効いた熱いアップル・サイダーやマツの枝、それからジェーンが分割払いにしてまで買ったゴディバ・コーヒーの馥郁《ふくいく》たる香り。

そんな匂いは、ジェーンの頭から昨夜の悲惨なパーティを払いのけてくれた。これは隣人同士のすばらしいパーティ、そのさなかに不安などないクリスマスのお祝い。もちろん、ここにいる女性たちの一人が梯子を登ったのでなければだけど——ううん、今はそんなことを考えちゃいけない。

ティファニー・ジョンソンは一人で現れた。着ているのはタフタにオーガンジーを重ねた、サイズがゆるゆるの赤いドレスであり、見るからに値がはりそうで、全く場違いだった。ジェーンはわざわざ場をはずしてティファニーを歓迎しにいったが、ドレスアップしすぎていることに、本人は毛筋ほども気づいていなかった。彼女が持ってきたのが、粉砂糖をふりかけたみごとなパイだったのに、ジェーンは驚いた。ティファニーなら何かもっとお腹にたまる重いもの、そしていかにも南部らしいものを持って現れると思っていたから。それがこんなにきれいで繊細なものだとは。

シェリイが食堂にぶらりと入ってきて、肩越しにティファニーを見た。「どうもわかんないな、ジェーン」

「何がわかんないの？」

「ジョンソン夫婦のこと。あれ、ティファニーが着てるドレス、すごく高いよ。どう見ても花嫁の母っぽいドレスだけど、品はいい。あの夫婦、どうやってお金を得てるの？　あの家の家賃をどうやって払ってるの？　生活費を稼ぐために、実際何かやってる？」

「ぜんぜん知らない」ジェーンは言った。「思いつくことと言ったら、遠い親戚からうんと遺産を相続したんじゃないかってことだけ」

「あるいは、すごく繁盛してる豚の食肉工場を売ったとか」シェリイが言った。

「あんたが思ってるほど、二人は無知じゃないよ」ジェーンは言った。「あんたにこのことを話すつもりだったの。あたしがティファニーをパーティに誘いにいったら、ビリー・ジョーが向こうの部屋でコンピュータを使ってた」

「ゲームでもやってたんでしょ」

「ううん、違うと思う。ティファニーがあわててドアを閉める前に、その部屋をちらっと見たんだ。本棚とコンピュータのマニュアルがあった」

「ジェーン、あんたがこのおもてなしパーティを終えたら、あたしたち、彼らのことをもっと調べなきゃね。ランス・キングが彼らの家で殺された事実は、見過ごしにできないもん。あそこの屋根を選んだのは、たまたまだったかもしれないし、そうじゃないかもしれない」

「ランスがあの夫婦のことを知ってたっていうの？」

「可能性はある。彼はこのあたしたちより穿鑿《せんさく》好きだった」

「でもシェリイ、それは理屈に合わないよ。もし彼らがあの夫婦をさぐるのに、スパイ基地を設置する気だったら、どこか他の家の屋根に上がったんじゃない?」

「もう一回考えさせて」呼び鈴が鳴ったので、シェリイは言った。

もうひとグループが到着し、いちだんと騒がしさを増した。無理もない。またしても轟きわたっているビリー・ジョー・ジョンソンのクリスマス音楽と、彼らは張り合わねばならないのだ。ジェーンがゆっくりと居間を歩きながら、友人たちに挨拶し、得意な気分に浸っていた時、何やら少しばかり静かになった。みんな、キッチンへの入り口にじっと眼をやっている。そこにはひどく困惑した様子のサム・ドワイヤーが立っていた。

「あなたがきっとサム・ドワイヤーさんですね。ご一緒できるなんて、ほんとにすてき」ジェーンは言った。「みなさん、こちらはサム・ドワイヤーさん。ペットのお父さんです。みなさんそれぞれ自己紹介なさってね」

騒がしさがだんだん元通りになってきた時、ジェーンはサムが持ってきた箱を受け取った。

「まあ、なんてかわいいファッジ」前日にペットが持ってきたファッジからは格段の進歩だ。

「ありがとう」サムは控えめに言った。「どこに置けばいいでしょう?」

「食堂へいらして」ジェーンは先に立って歩き、華やかな色をした取り分け用のプラスチック・トレイを一枚彼に渡した。彼が四角に切り分けられたファッジをトレイに移している間、ジェーンは彼を観察した。これまでは一区画先からの漠然とした印象しかなくて、近くで見るのは初めてなのだ。遠くから見て想像していたよりも格好がいい。スタイリッシュというには短すぎる髪型だし、ちょっとバディ・ホリー（二十二歳で没したロック草創期のミュージシャン。黒縁の四角い眼鏡が印象的）風の眼鏡をかけているが、たくましい感じのハンサムだ。着ているのは黒っぽいグレーのツイードの上着で、スウェードの肘あてがついていて、淡いグレーのシャツとネクタイを合わせ、黒いスラックスを穿いている。コンピュータ・オタクにしては、みごとな着こなしだ。

「いろいろペットにしてくださって、ありがとうございます」彼は最後のファッジをトレイに載せると言った。

「なんにもしてあげてません。彼女に楽しませてもらうだけで。かわいくていいお嬢さん。ご自慢ですよね」

「あなたはご自分で思っている以上に、娘にとって大切な人なんです。たいていの人には気後れする子なのに、あなたの家に来て息子さんと仲よくしているのは楽なんだそうです。あなたのパソコンまで二人で使わせてもらったとか」

ジェーンは褒められて驚いた。「二人とも、あたしよりコンピュータに詳しいですよ。自分が壊すんじゃないかと心配するほどには、あの二人のことは心配してないわ」

「なるほど、それでもお礼を言いたいです。お宅を、まるで第二の我が家のように娘に思わせてくださることに。ぼくたちには、この土地に他に家族がいませんし、娘は家でひどく寂しい思いをすることもあります。あの家で、娘の相手になるのはぼく一人なのに、時間と集中力の大半を使う必要のある仕事をしているもので。娘はあなたのご家族といると、本当に楽しいんです。ジェフリイ家では、みんながいかににぎやかで面白いかを、いつも話してるんですよ」

「あのね、サム、フレンチ・ブレイドみたいな編み込みがきちんとできて、それも進んでしてくれる男の人は、誰だってすてきなパパです」

彼は笑った。「自分でやってみようといつか娘が思ってくれないかと、ぼくは願い続けてますよ!」

ちょうどその時、セルマが食堂に入ってきた。二人に値踏みするような眼を向けて言う。

「ジェーン、何かお手伝いすることはある?」

ジェーンはセルマをサムに紹介して言った。「いいえ、全てちゃんとできてますから。あと二人来るはずです。あと五分待ってみて、それからみんなにクッキーの取り分けを自由に始めてもらいます」

セルマはもう一度じっくりサムを見た。招待客としての彼の存在に、かすかながら不満を感じているようだ。とはいえ、ジェーンのすることにはたいていかすかな不満を持つ人なので、驚くには当たらない。

「この区画にお住まいなの、ミスター・ドワイヤー?」セルマが尋ねた。

「ええ、通りの先の反対側にある青い家に。娘のペットがトッドの友達なんです」

彼は少し微笑んでいる。気づいているからじゃないかと、ジェーンは思った。この区画の女性たちの中に一人いることで、セルマが彼をねちねちいじめたがっていることを。「ぼくはご近所の他の人たちにも、お会いしたほうがいいようですね」

彼が出ていくと、セルマが言った。「あの人、ここで何をしてるの？　男性は招待しないと思ってたのに」

「彼はずっと自宅にいるシングル・ペアレントです、セルマ。奥さんを亡くされたね。これまでは、あまり社交的ではなかったんですよ。あたしは来てもらってよかったと思います」

「そうなんでしょうね。だけど、絶対に変だわ。ランス・キングのことを聞いたけど、いったいどういうこと？」セルマはいきなり話題を変えて訊く。「お客さんたちが、彼が死んだことを話してるのを聞いたわ。今朝は新聞を読む暇がなくて、知らなかったの」

「彼はお隣の屋根から落ちて、死んだんです」ジェーンはずばりと言った。

「でも、その前に彼はここにいたっていうじゃない。あなたの家に」

「サム・ドワイヤーと違って、ランス・キングはわたしが招待したわけじゃないんですよ、セルマ」

「隣の屋根で何をしていたの？」

「こそこそかぎ回っていたようです。カメラか、盗聴器でも仕掛ける場所を探していたんでしょう」

「おそろしい男だこと！　おそろしい人間は死ねばいいなんていうんじゃないのよ、もちろん。

それでも、彼はひどい人間だった。彼に対して身を守るすべのない人たちを、いつも追いかけ回して。わたしはびくびくしながら暮らして――」セルマは、そこで口ごもった。

「一族の薬局チェーンをつけねらうんじゃないかと？」

「いいえ、まさか」セルマはしばらく黙った。「あのう、そうなのよ。別に本気でおそれることがあるっていうんじゃないけど、彼は物議を醸《かも》すためだけに、ないことまででっちあげるようだったから」

「確かに、そんなことをしてました」

「それで、彼はたんに屋根から落ちただけ？」

ジェーンは一瞬葛藤した。きっと新聞やテレビの記者たちは、ランス・キングがおそらく殺されたであろうことを、すでにかぎつけているだろう。結局のところ、ジョンソン家の周りにめぐらされている派手な黄色の犯罪現場テープが、大いに秘密を語っているようなものだ。セルマに隠し続ける意味はない。「彼が自分でそうしてしまったとは、思いません」ジェーンは言った。

「どういう意味？」

「屋根から突き落とされたらしいんです」

セルマは息を呑んだ。「殺されたの？　あなたのすぐお隣で？」

「ここでそうなるよりはましですよ」

「まあ、ジェーン。そんなこと口にするのもおやめなさい。考えもしなかった！　誰がやったの？　誰が彼を殺したの？」

「わかりません。警察が今捜査してます」

セルマはまたしても話題を変えた。「ジェーン、あなたに話しておきたいのよ、例の毎月の小切手の件——」

ありがたいことに、まさにその時、シェリイが割り込んできた。「全員揃ったようよ、ジェーン。みんなアップル・サイダーとコーヒーはたらふく飲んだわ。料理もすすめたほうがいい？」

「ええ！　でも、それはわたしがやる」彼女はセルマから逃げたくて必死だった。最前の対立に備えて、ほぼ一週間を費やして心の準備をしたのだが、もう一ラウンドぶんの用意はできていないのだ。


みんなジェーンのテーブル飾りとさまざまな料理を口々に褒めた。甘いごちそうの試食用に、ジェーンは小皿を配置しておいた。みんなあとでかわいい小さな箱をもらって、さまざまなクッキーを詰めて持ち帰ることになる。この伝統行事が何年も廃《すた》れていたのは残念だが、自分がそれを復活させたことを、ジェーンは喜んでいた。客たちが興奮して喋りながらクッキーを選んでいる間に、彼女は居間に入った。階段下を通りかかると、アディがおりてくるところだった。ジェーンに何か言いかけて思い直し、かすかな作り笑いを浮かべて、ただうなずいてみせた。ジェーンは微笑み返した。

シェリイはソファに一人で坐っていた。ジェーンは隣に加わり、ささやいた。「アディが今、二階に行ってた」

シェリイがにやりとした。「何か言われた?」

「ひと言も」

二人は女生徒のようにくすくす笑った。

「パーティで、主催者本人がそうやって楽しむのを見てるのは、本当に嬉しいものね」キャサリン・パージターが言って、ふかふかの肘掛け椅子にそろそろと腰をおろした。「まあ大変、わたしがここから出るとなると、きっとクレーンが必要だ」

キャサリンは五十代の終わりくらいで、やや重量があり、なんとなくおばあちゃん然とした雰囲気があるが、孫は一人もいなかった。息子のブルースと同じ金髪で、血色もよい。ジェーンは彼女をよく知っているわけではないが、好感を持っていた。キャサリンは系図学について真剣に掘り下げて話をし、ジェーンとシェリイがその学問への好奇心を募らせると、二人のひどくばかばかしい初歩的な質問に、喜んで答えてくれた。とても楽しげに、そしてしとやかに。

「ゆうべあなたがパーティにおいでになれなかったのは、とても残念でした」ジェーンは言った。「結果的には、あまりお祝いムードとはいきませんでしたけど」

「とにかく来られなかったのよ。あのおそろしい男がここにいる危険があってはね。彼が死んで嬉しいとは言えないけど、悲しいとも言えないわ。ブルースが、あなたとシェリイに事情を全て説明したんですってね」

「彼から聞いて、あたしの胸は引き裂かれました」ジェーンは心から言った。

「昔のことよ。いつまでも胸の痛みを引きずっては生きられない」キャサリンが言った。それから、わざと明るく振る舞う。「あなたの系図学の理解はどんなぐあい、シェリイ？」

シェリイとキャサリンが喋っている間、ジェーンは他の客がぞろぞろと居間に戻ってくるのを見ていた。アディとセルマがまた話をしているが、二人ともどこか不機嫌なままに見える。二人に共通するものといえばジェーン自身だけだから、彼らの話を聞かずにすむのが、ありがたかった。サム・ドワイヤーが、ジュリー・ニュートンによって窮地に立たされている。ジュリーのはずむような快活さに、狼狽しているようだ。彼女が例の大げさな身振りを――それもうんと――するたびにたじろいでいる。シャロン・ウィルハイトとティファニー・ジョンソンは、なんでもない日常の話題を探そうとしているが、どうやら難航しているらしい。片方が喋れば、もう片方は興味がある顔をしながらもとまどっている。そして次は、立場を替えて同じプロセスを踏むのだ。ジェーンが見守っていると、そのうち二人して笑った。片方の女の元夫の死と、その死の現場がもう片方の女の家であったことは、どちらの女にもまるで影響していなかった。

この場面を、もしランス・キングが見おろしていたら——いや、見あげている可能性のほうが高いが——その卑劣な魂がどこへ行ったにせよ、彼は己の死がこれほどに意味を持たないことに、ひどく落胆したに違いない。

15

客たちが三時半頃に、ぞろぞろと帰り始めた時、ジェーンはクッキー・パーティにつきものの、大きな楽しみの一つを思い出した。毎回のことだが、みんな必要とされているよりもずっとたくさんのクッキーを持ってきて、決まっているよりもほんのちょっぴりだけ多く持って帰る。その結果主催者は、他のみんながかんばって焼いた山のようなクッキーを、手元に残すことになるのだ。年明けまでには十ポンド太るだろうけど、ダイエットをする以外にいいことなんて、一月にあるだろうか？

ジェーンは玄関に立って、暖かくしておこうと肩に巻いたアフガンにしがみつきながら、みんなにさよならを言い、彼らが間違えずに自分の帽子や手袋や靴を身につけ、それからそれぞれのクッキーの箱を持っているかを確かめた。居残っていた最後の客が去った時、メルがやってきた。「やあ、ジェイニー。何があったと思う？」声が明るい。

ジェーンはにっこりした。最後に喋った時に較べると、ずいぶん陽気になったものだ。「ようし……お給料が上がった？　クリスマスのボーナスが出た？　あたしの主演男優としてオスカーを取った？」

「目標が高すぎるよ、ジェイニー」彼は言って、チュッと軽くキスをした。「暖房炉を修理させたんだ。土曜日にね！」

ジェーンは「わあーーい！」と叫ばないでいるのが精一杯だ。「土曜日にね」穏やかに言う。

「すごいじゃない」

「だから、これで母からきみを解放してあげられる」

ジェーンは今なら鷹揚になれた。「あら、彼女はちっとも迷惑じゃなかったわよ、メル」

「へえ――そうか。だったら、このままここにいたがると思うよ」

「だめ、違う、じゃなくて！　つまりね、きっと彼女はそうしたくないってこと。だって、あなたに会いにきたんだもん、メル。三人もの子供や騒音と、ここで仮住まいするためじゃない」

男ときたら、母親のこととなると、どうしてこうも間抜けになれるのだろう。

まだセルマとじっくり話し込んでいたアディは、場所を移るのだと知らされて、荷造りをしに二階へ上がった。それとたぶん、もう一度家具の移動をトライしに。シェリイは、〝小切手渡しに関する大いなる論議〟のことで、セルマに再度ジェーンを咎める隙を与えず、ドアを梃子にして彼女を外へ押し出したあと、キッチンで、汚れたプラスチックの皿とコップをごみ袋に入れていた。そこへメルとジェーンが加わった。

「すばらしいパーティだったよ、ジェーン」シェリイは声をかけ、ごみ袋を名人芸でくるりと回して、プラスチックのなんとかいうやつで口を閉じた。「亡くなったけど、あまり悼まれもしないランス・キングの話も、ほとんど出なかったし」

「ほんとにいいパーティだったよね？」ジェーンは言った。「メル、クッキーの残りが山ほどあるの。いらない？」

「きみの役に立つぶんだけなら」

「ランス・キングといえば、どんなぐあい？」シェリイが訊いた。

「よくない。ぜんぜんうまくいってない。きっとジンジャーの言った通り、彼は全てをディスクに保存していたに違いないよ。ノートパソコンに使えるものはなかった。それは前に話したな。それと、彼のオフィスのコンピュータからも、何も出ない。日付で分類したワープロのファイルだけはあったが、中身がなかった」

「中身がなかったって？」ジェーンが訊いた。

「空っぽだ、バトン・トワラーの頭みたいに」

「気をつけなさいよ、でないと、どこかのフェミニストのグループが追いかけてくるから」シェリイは警告した。「お知らせしとくとね、あたし、シェリイ・ノワックは、昔バトン・トワリングのレッスンを受けたことがあるのよ。まあ、一レッスンだけ」

「あまり得意じゃなかったの？」

「端っこの丸いとこをぶつけて鼻血が出ちゃって、母がバトンを捨てたの」シェリイは正直に話した。「冗談はさておき、メル、捜査は少しも進展してないの？」

「そうは言ってない。今も手がかりを集めてるし、事情聴取をしてる。時間を食うが、必要な作業だ」

「誰を疑ってるか、教えてくれる気はないんでしょうね？」シェリイは言った。

「ない。なぜなら、現時点では全員を疑っているから」

「全員の何を疑ってるの？」アディが入り口から声をかけた。

「全員の何もかもさ」メルは陽気な口調で答えた。「支度はできた？　俺が荷物を持つよ」

アディはジェーンに対して、子供たちのことや家のことなどをとても感じのいい言葉で述べたてた。そして泊まらせてくれたのはこのうえない親切であったと強調した。

ジェーンのほうも、よどみなく喋り続けた。アディがいかに歓迎すべき客であり、彼女を知るようになってどれほど楽しかったか、あまりにめまぐるしくて胸襟を開くまでには至らなかったにしても、と。

アディとメルの背後で、シェリイは口をふさぐ真似をしていた。

アディとジェーンは友好的な興奮状態の中で、そしてほんの数日後のクリスマスに、その時もジェーンの家で再会する期待を胸に別れた。時間はなんと早く過ぎることか。形だけのキスが交わされる。わざとらしい笑い声が部屋にひろがる。作り笑顔が輝く。

車に乗ったメルと母親がバックで車路《くるまみち》を出ていったとたん、ジェーンは大げさに身震いして言った。「自分がいやになる」

シェリイはキッチン・テーブルに顔をつっぷして、大笑いしていた。「そうなって当然よ。あんな最低最悪なべたべたシーン、『ある愛の詩』を観て以来だった」

「心配ないって。あれがわからなかったのは、メルだけだから」ジェーンは腰をおろし、別の椅子の上に両足を置く。「やれやれだ。これであと数日は、もうもてなし役はなし。クリスマス・ディナーが不気味に迫ってるけど、せめて明日までは考えないことにする」

「あんたの出番はまだ終わっちゃいないわよ。シャロン・ウィルハイトがクッキーを載せてきたトレイを、置いて帰ったのよね。返さなくちゃ」

「で、二、三、質問するの？」ジェーンは言った。

「えっと……たぶん、二、三だけね」


ジェーンはシャロンの家に行くのは初めてで、そのきわめて趣味のよい地味さかげんに驚いた。シャロンはどうやら〝ベージュがすてき〟を標榜する装飾スクールに賛同しているらしい。ちらほらとわずかに他の色がある。濁ったブルーの花瓶。濃いグレーとクリーム色のラグ。ソファの上にかかっている抽象画には、ベージュと共にほんの少しあんず色が交じっている。あまり生活感のある家ではなかった。ごたごたしたものはない。新聞も、テレビ・ガイドだってない。というより、ジェーンの見た限りテレビがないのだ。

シェリイは器を届けに寄っただけだと――まるで、二人がかりでないと運べなかったとばかり――主張したが、シャロンはだまされなかった。「あなたたちには、説明しておく義務があるわよね」彼女は言った。

「義務じゃないわよ、そりゃあ説明を聞きたいことは聞きたいけど」ジェーンは言った。

「煙草は吸うの？」シャロンは唐突に言った。

「時々。なるべくちょっとだけ」ジェーンは答えた。

「それじゃ、自由に吸って」

「持ってきてないの。かまわないで」

「あげるわ。以前はわたしも吸ってて、パニックにならないようにひと箱だけ、いつも家に置いてるの」コーヒー・テーブルの下の小さな抽斗を開け、箱を取り出した。明らかに、はぐらかして何を言うべきかを考えている。

「遠慮する、あたしはいい」ジェーンはゆうに五年も前にパッケージを変えている銘柄を見て言った。古いのは気にならないが、化石化したのはいやだ。それに、シャロンには説明すべきことをさっさと話してほしい。

ジェーンとシェリイはソファに腰を落ち着け、シャロンはといえば、ベージュと茶色のカバーがかかった背もたれの高い椅子を選んだ。「わたし、ハーヴェイと――ランスのことよ――大学時代に結婚したの。両親から逃げるためでもあったし、よくある反抗でもあったし、セックスのためでもあった。彼は興味深い男だったわ。わたしに惹かれる男は、たいてい頭の弱い体育会系。ハーヴェイは知的だった。本当は違ったけど、わたしみたいな愚かでさみしがりやの女の子には、そういう印象を与えたの。でも一年しか続かなかった」

「どっちが捨てたの？」シェリイは歯に衣着せず訊く。

「ああ、わたしよ。全くのばかでもなかったから。なんていうか彼は――邪悪というと安っぽいドラマみたいだけど、やっぱり邪悪だった。反社会性人格障害っぽいというか。いつも誰かをだました自慢話をしていたの。それを聞くといやな気持ちになるのに、わたしったら、こんなのは作り話だって自分に言い聞かせてた。わたしがどんな反応をしてたかを知ったら、滑稽に思うわよ。いつもただ笑い飛ばしてたの。そしてある日、わたしが大学の授業料を払っているのはばかばかしいにもほどがあるって、そんな意味のことを彼が言いだした。大学のコンピュータに侵入して、授業料を払ったことにできるとも言ったわ。まだコンピュータの草創期だった。彼は自分のコンピュータを持ってなかったけど、科学研究室のを使うことができたの。彼はこんなことまで説明してた。自分は一学期の授業料だけ払って、それ以降はただで教育を受けているって」

シャロンは年代物の煙草の箱をしばらくいじってから、先を続けた。「それにね、自分の成績まで操作してた。オールAにして、登録もしてない講座にまで評価をつけてたの。若くて愚かだったわたしは、それはよくない、どう考えてもよくないことだと、説明すればわかってもらえると思った。ところが彼は話をやめないの。懲らしめてやったという学生たちの話。それ、彼が使った言葉よ。彼ね、自分の敵——なんらかのことで自分を怒らせたと彼が勝手に思ってる人たちのリストを作ってた。だから彼らに対しては、逆のことをしたの。成績を下げ、講座を抹消したわけ。その時だったわ、彼から離れなきゃいけないとわかったのは」

「その敵のリストに、ご近所の誰かが載ってた？」シェリイが訊いた。

「わからない。ずいぶん昔のことだし、彼が口にしたのはファーストネームだけだから。彼らの成績表が出た時は、どうせ何かよくわからないコンピュータのエラーだってことになったはずよ」

「彼が、あなたの他にも誰かに自慢してれば別だわ」ジェーンは言った。

「それでも、成績のことで十五年かそれ以上も恨み続けて、そのために人を殺すなんて考えられる？」

「ううん、考えられないと思う。で、だから彼と離婚したの？」

シャロンはうなずいた。「でも、先に大学が認証した成績証明書のプリントアウトを数通手に入れたわ」微笑む。「次第に賢くなってね。それを使って他の大学に入学の申し込みをすることで、わたしがどこの大学にそのコピーが渡るように依頼したかが、記録に残らないようにしたわけ。そのあとで、離婚の申し立てをして、彼から去った」

「それが、こっちへ移ってきた時？」ジェーンは訊いた。

「いいえ、ヴァーモントで大学の課程を終えて、マサチューセッツで法律の学位を取ったの。それからこっちで仕事に就いた。意識的に転々としていたわけじゃなくて、結果的にそうなっただけよ。でもわたし知らなかったの、彼にストーキングみたいな真似をされてたとは。当時その言葉は一般的に使われていなかったと思うけど、彼がしていたのはそういうことよ。三年くらい前かな、ある日彼が玄関先に現れたの。わたしはケンタッキーに支社を持つ弁護士事務所で働いてたわ。で、どうやったのか、わたしの名前を不動産記録の中で見つけたの」

「あなたを脅したの？」シェリイが訊いた。

「あら、いいえ。はっきりとはね。ただ、こう言ったのよ。自分は変わった、自分の好奇心を正しい目的に――腐敗や汚職や詐欺を暴露することに、向けるようになったって。そして、今ならわたしがもっと自分を好きになるだろうから、二人でやり直してもいいんじゃないかって。彼はわたしを追ってシカゴへ来て、地元のテレビ局に職を得ていたの。わたしと一緒になれるように」

シャロンは思い出して身震いした。

「あなたはどうしたの？」ジェーンは訊いた。

「しばらくは何も。以前よりわたしは少し太っていたし、堅苦しくて退屈な女になっていたから、彼もあきらめて、いなくなるだろうと思ってたの。でも、彼はそうしなかった。毎日電話をかけてきたわ。わたしおそろしくなった」

「そりゃそうよ。警察には知らせたの？」

「ええ、でもほとんどどうにもならなくて」煙草の箱のセロファンがもうずたずただ。「はっきり脅迫とわかることはしてないし、家に押し入るとか、そんな真似はしてなかった。警察から見ると、彼はわたしにとって明白な危険ではなくて、迷惑な人間ってだけだった。わたしも、警察の言う通りだと思わないでもないの。正直なところ、彼は暴力を振るうことにはならなかったと思う。心理的、経済的なものだけで。事務所でコンピュータを立ちあげるたびに、彼がコンピュータに身を乗り出して、わたしの生活やわたしの顧客の生活に侵入している光景が想像できた。少なくとも、それでいいことが一つあったわ」と言って微笑む。「法律事務所に、見つけうる最高のハッカー対策システムを導入すべきだと力説したの」

「だったら、なぜ聖歌の集いのパーティに来たの？」シェリイが訊いた。「彼がそこに来るかもしれないことは、あなたも聞いてたはずよ？」

「招待を取り消したと、ジェーンから聞いたから。それに、もう彼のことは片づいたと思ってたし」シャロンは答えた。「半年ほど彼を追い払おうとしたあと、わたし言ってやったの。大学を欺き、自分の成績や人の成績まで改竄《かいざん》したという彼の話は録音してあるって。だから、これ以上わたしにつきまとうなら、そのコピーをテレビ局と保険会社に送るってね」

「彼は信じたの？」シェリイが言った。

「あんまり。でもその頃にはわたしもずいぶんと賢くなっていたし、うそもずっとうまくなってた。実際その時はテープレコーダーを持ってたし、よく使ってたの。言ってやったわ。長いあいだ離婚する計画を練っていたから、まんいち彼が離婚裁判で争うと決めた時のために、二人の会話をたくさん録音してあると。そしてペラペラ説明を続けたわ。テープはコピーして、それを文書化し、別の弁護士が認証して日付を入れたものと一緒に貸金庫に入れてるとか。実のところ、話をひろげすぎちゃったの。顧客の一人から聞いたけど、彼の局と競合しているテレビ局もアクション・レポーター（一般市民の立場から告発報道を行う）を雇おうかと考えているらしい、だとしたら、それらのテープはその局の最初の報道内容として、大当たりするんじゃないかってね」

「あなたって、すごい！」ジェーンが大声で言った。

「うまくいきそうだとは思ったわ」シャロンは控えめだ。「彼はわたしの話を鵜呑みにはしなかったでしょうけど、あの卑劣でちんけな仕事を失うリスクは負えなかったのよ。その後は二度と連絡はなかった。ただね、他にわたしにはどうにもできないことがあって……」

「それって？」シェリイが訊いた。

「彼ね、うるさく言ってきてた頃、わたしの友達や近所の人たちについて調べることで、わたしに圧力をかけられると判断したの。自分が訴えられそうなことは何も言わないで、ただほのめかすわけ。『誰それは三度も離婚している、彼の奥さんはそれを知ってるのかな？』なんて言うのよ。他にも『これこれは何度も万引きで逮捕されてる。興味深いと思わないか？』なんて」

それまで身を乗り出してじっと聞いていたジェーンは、ぱっとソファの背にもたれ、シェリイと顔を見合わせる。「これで一つ謎が解けたよね。シェリイとあたしは不思議に思ってたの。パーティに招待された翌日なのに、ご近所さんたちの暴露話を摑んでるぞと言わんばかりの態度だったことを。もともとネタを摑んでたんだ！」

「警察に、このことは全部話した？」シェリイはきつい口調で迫った。

「もちろんよ」シャロンは言った。「隠すようなことは何もないし、ハーヴェイにも——誰だろうと彼を殺した人間にも、同情なんかしてないもの」

「彼があれこれ言ってたのが誰のことなのか、あたしたちに教えてくれる気はないわよね？」ジェーンは言った。「ざっくばらんに言うと、教えるべきだとは思わない。ただ、警察には話したのよね？」

シャロンはうなずいた。「思い出せる限りのことを話したわ。でもね、彼が喋ったくだらないことは、たいてい不愉快でたまらなかったから、忘れようと懸命だったし、思い出せる数少ないことにしても、どこかへ引っ越した人たちのことなの」

「じゃあ、彼を殺した人物にはぜんぜん心当たりがないの？」ジェーンは訊いた。

「一人も。そして、わたしにはどうでもいいことだわ」

この時煙草の箱はすでに開いていて、シャロンはその一本を指の間で転がしていた。

16

「彼女の話を信じるべき?」二人してジェーンの家へと歩きながら、シェリイは訊いた。

「信じたい」ジェーンは言った。「でも、自分からうそがうまいって言ってた。ひょっとしたら、結婚や経歴のことで、あたしたちや警察にうそをついてるかもしれない」

「筋は通ってるよ」シェリイが言った。「あれがうそなら、考えぬかれた緻密なうそだ。ほとんどが真実だけど、ある部分はそうじゃないってことかも」

「どの部分?」

シェリイが言った。「わかんない。でも、気づいた? 彼女、声がすごく落ち着いてて――それに、歴史ある煙草の箱をずっとガリガリやってた。大部分は真実を言ってたと仮定してみようよ。突っ込みどころは、まず彼女が言った通り、実際に彼のことは片づいてたとしても、また彼女を悩ませ始めたので、殺したかもしれないってこと」

「それ向きの服装じゃなかったと思う」ジェーンは言った。

「殺人向きの服装? 忍者の衣装を着てなかったって言いたいの?」

「違う、彼が殺された夜、シャロンはヒールの高い靴を履いて、すごくタイトなスカートを穿いてた。あんな格好で凍りついた梯子を登るのは、すごく厄介だよ」

「でも、できないことはない」シェリイが言った。「彼女のスノーブーツは、たぶんあんたの家の玄関ホールにあったんだ。それを履いて、外へ走り出て、スカートをひっぱりあげる。うん、うん。なさそう」

「彼女がうそをついていそうな、次の突っ込みどころは？」

「元夫が誰の弱みを握っていたかを知らないこと。というか、おぼえてないこと。本当だとは思えないな。たとえばさ、もしあんたに、通りの先のミセスなんとかは魔女団の頭だって言われたら、あたしずっと忘れないもん」

「でもシェリイ、あたしたちは穿鑿《せんさく》好きだから――」

「ううん、あたしたちは好奇心の強い女で、友人の幸せを気にかけてるの」

ジェーンは細かい指摘はしなかった。「わかった。あたしたちは好奇心が強いだけ。でももっと大事なことは、あたしたちがご近所さんのほとんどを知ってるってこと。シャロンがほぼ誰ともそんなに親しくないらしいのは、あまりに出ずっぱりだからよ。会ったことも聞いたこともない誰かの不愉快な事情を、何年もたったあとで彼女が思い出せないのも、そう不思議なことじゃない」

二人はジェーンの家に着いた。「今夜は、ポールが子供たちをファーストフードの夕食に連れ出して、映画を観るの」シェリイが言った。「だから夕食を作らなくていい。あんたも子供たちに何か食べるものをほうってやって、二人で食べに出かけない？」

「うちの子たちは残り物のクッキーがエラまで詰まってるよ。あと何時間かは食べ物のことなんか考えもしないと思う。もうちょっとで五時か。今から行こう。子供たちがどこで何してるかを確かめるの、一分ですませてくる」

ジェーンがお勝手から入って、化粧直しをしようと階段を上がりかけた時、ケイティが上から呼びかけた。「ねえママ、あの箱、見た？」

「箱って？」ジェーンはくるりと向きを変え、玄関へ眼をやった。「ああ、あれはきっとおじいちゃんとおばあちゃんからよ。届くのがクリスマスに間に合わないって、二人はやきもきしてたの」

「あたしたちが開けてもいい？」

ジェーンはまた階段を上がっていく。「もちろん。あの二人、いつもそれぞれへの贈り物をラッピングして、大きな箱の中に入れてくれてるわ。贈り物は、クリスマス・ツリーの下に置いといて。覗いたり、揺すったりしないのよ」

「またお説教する気じゃないよね？　小さい時、あたしがミニチュアの磁器のティー・セットを割っちゃったこと」

「今すぐにでも。ねえ、あんたたち、まだお腹は空いてないわよね？」

ケイティは頬をふくらませて息を吹き出し、ぶるぶる首を振った。「食べ物って――やだやだ！」

「なら、ミセス・ノワックと出かけてくる。バーベキュー用のスペアリブを買って帰ろうか？」

ジェーンは子供たちの夕食の注文を聞いて、シェリイの家へ急いだ。子供たちはクッキーでお腹がふくれているが、彼女は全く口にしてないし、お昼を食べたのは何時間も前だ。ひもじい。シェリイは車路《くるまみち》ですでにエンジンをかけて待っていた。

「まだすごくちゃんとした格好のままだから、どこかおしゃれっぽい場所にしよう」シェリイが提案した。

数マイル離れたところに、新しいフランス料理の店があって、二人はつねづね行ってみたいと思っていたのだが、気合を入れてストッキングを穿き、ヒールの高い靴を履いてトライするには至っていない。ここでもまた早い時間に来すぎて、客は彼らだけのようだった。タキシード姿のとてもハンサムな若いウェイターが二人を席に案内し、それこそ椅子を引いて坐らせ、大盤振る舞いサイズのブルーのナプキンをさっとひろげて、それぞれの女性の膝に恭《うやうや》しくかけてくれた。

「わお！」ウェイターがメニューを取りにいくと、ジェーンはささやいた。「こういうの、癖になりそう。特にウェイターがみんな彼みたいだったら」

彼がすぐにメニューを持って戻ってきた。革綴じの巨大なメニューだった。彼はもう一人給仕を伴っていた。こちらは白の短い上着を着ていて、水が入った美しいゴブレット二つを、銀のトレイに載せていた。ウェイターが本日の特別料理を、愛のこもった華麗な表現で、たくさんのフランス語の単語を交えて説明した。理解すべきなのに、ジェーンにはできなかった。

「英語で言うとなんなの?」彼女は質問した。

「大雑把に訳しますと」彼は声を低くして言う。「ミートローフとシチューです。しかし、けっしてよそでは味わえない最高のミートローフとシチューです」

「シェリイ、二人でそれぞれを注文しよう。で、交換すればいいし」

「ジェーン、ここじゃ、料理のやりとりなんかしないの」シェリイが叱るように言った。「あんたがそんな不作法な提案をしたと聞いたら、ご両親は卒倒するわ」

「お客様めいめいに、半分ずつ両方の料理をお出しすることもできます」ウェイターが申し出た。

「あなたっていい人ね」ジェーンは言った。「そしたら、ワインはあなたのおすすめのにしてもらえない? 注文するのに、あたしが間抜けな思いをしないように」

それを聞いて、ウェイターは破顔した。

声の届かないところまで彼が行ってしまうと、ジェーンは身を乗り出してひそひそ言った。

「テーブルのああいうきれいなお皿――飾り皿《チャージャー》って呼ばれてるんだっけ?」

「そのお皿がどうしたの?」

「うん、誰もあの皿では食べないじゃん。料理を出す時は、あの皿は下げるわけだから、洗う必要ってあるのかな？」

シェリイはいっときまじまじとジェーンを見つめ、それから言った。「精神科にかかろうと思ったことは？」

「ちょっと考えただけなのにさ。あの皿はすてきなゴールドの縁取りがしてあるから、食器洗い機には入れられないし、人に手洗いさせる時間と労力のむだな気がして。だって、誰もあのお皿で食べないんだもん」

シェリイは眼を剝いて言った。「考えるんなら、シャロン・ウィルハイトのほうにして。彼女、あたしたちに喋ったことは全部警察にも話したって言った。あたしはほんとだと思う。あんたがメルとつきあってるのは、知ってるに違いないし。彼、パーティに来てたもんね」

「彼女が気づいたと思うの？　考えてみたらさ、実際に目の前で誰かが殺されたことは、メルの履歴に汚点を残したに違いないんだよね。シャロンが彼にも同じことを話したかどうか、今夜彼に電話して確かめる」

「メルは、どうしてあたしたちに話してくれなかったんだろ？」シェリイが言った時、ジェーンが灰をひとかけら落としただけの灰皿を、白い上着の給仕がさっと取りあげ、新しいものに替えた。

「一つには、彼は捜査に関することを、本当は一切あたしたちには喋っちゃいけないことになってるから。時々喋っちゃってるけどね。もう一つには、現実的にアディに割り込まれないで彼と話をする機会が、全くなかったから」

「へえ、面白い」シェリイは考えをめぐらした。「確かに彼は話すべきでないこともあたしたちに話すことがある。でも、そんな話をアディとはしたがらない。それは相対的な信頼度を示してる、でしょ？」

ジェーンは微笑んだ。「そうかも。それか、彼女には関心がないことだと、メルにはわかっているからだね。シャロンがあたしたちに言ったことを彼にも話してるなら、彼には主な事実を――彼らがどこの大学に行ったかとか、それぞれがいつこの地域に移ってきたかとかを――確認する方法があると思う」

「ジェーン、あたしたち前菜を注文してなかった」

「最優先事項を話し合おう！」ジェーンは笑って言った。

シェリイが振り向いてハンサムなウェイターの姿を捜すまでもなく、彼は魔法のように現れた。彼がすすめたのは、スライスしたフランスパンをバター・トーストにしてパテを塗ったものと、ナスを焼いてにんにくとレモンのソースをかけたものだった。

そのあと、シェリイとジェーンは関心を殺人から料理に向けた。

「なんで請求書を見せてもくれないの？」一時間後に店を出た時、ジェーンは言った。「せめてチップくらいは払ったのに」

「いくらかかったかなんて、あんたは知らなくていい。信じなさいって。続けざまにパーティをやったあとだもん、あんたはもてなされて当然よ」

ノワック家が大変な金持ちであり、普段のシェリイが大変な締まりやであるのも知っているジェーンは、シェリイが正しいと認めた。

数分後にジェーンは勝手口から家へ入り、聖歌の集いのパーティで使い残した紙皿が載っているキッチン・テーブルに、お持ち帰りの料理を置くと、二階へ叫ぼうと階段へ向かった。するとつまずいてがらくたの山の上に転んだ。玄関ホール一面に、箱やらピーナッツ形のピンクの発泡スチロールやらがばらまかれている。

「ねえ、あんたたち！　ごはん買ってきたよーっ」とどなる。「それからねえ、食べていいのは、この散らかしたやつを片づけたあと」

「ごめん、ママ」ケイティがひょいひょい階段をおりてきた。「あたしたち、忘れてたんだ。あっ、それと失敗しちゃったよ。どの箱も全部贈り物だと思い込んで、あたしたち宛じゃないのまでびりびり開けちゃったの。郵便屋さん、なんであの箱をうちに置いてったんだろ」

「どこ宛だったの？」

「あのお隣さんとこ。ジョンソンさんち」

「いいわ、あんたたちが他のぶんをきれいに片づけたら、マイクにその箱を持っていかせて、説明させるから」

ジェーンは楽な服装に着替え、屋根と外壁のリフォーム会社からの電話を、「土曜の夜なんかに電話をかけてくるわけ？」とかわすと、テレビの前に坐るか、ノートパソコンでジンラミーをやるか、とにかく頭を空っぽにして夜を過ごそうと決め込んで、一階へおりた。

玄関ホールのごみは消えていた。残っているのは、本が詰まったジョンソン夫妻の箱一つで、口が開いている。ジェーンがかがんで、どんな本なのかと見てみると、どれも同じ本だった。数十冊あるらしい同じ本を、なんでジョンソン夫婦は手に入れようとしてるんだろ？　まさか、一軒一軒訪ねて売るつもりとか、そういうこと？

ジェーンは一冊を手に取り、カバーにある説明を読み、何ページかめくってみて、裏返した。裏には、この本を書いた夫婦の写真が載っていた。ちらりと写真を見て、本を箱に戻す。それから居間へ歩きだしたが、その入り口でぴたりと足をとめた。箱のところへ戻って、また一冊取り出すと、もっと照明が明るいキッチンへ持っていく。そしてもう一度、裏の写真をじっくりと見た。

「あんたたち、あたしちょっと出てくる。ノワックさんちへひとっ走りしてくるから。帰ってくるまで、誰もあの本の箱にさわらないでよ」

シェリイは早くもナイトドレスにガウンという格好だった。「またあんたか」微笑んで言う。

「見てほしいものがあるの」ジェーンは言いながら、いやになるくらい清潔なシェリイのキッチンに入った。そしてシェリイに本を渡した。

「まあ、そうなの。もう出版されてたなんて、知らなかった。すごくいいって書評はいくつか見たのよね。あんたもこの人たちの本を読んだことがあったんだ」

「ないと思う」

「もう、あるって。著者夫妻は——自分たちをなんて呼んでたっけ？——文化心理学者とかそんなもん。彼らはアメリカ社会のさまざまな文化圏に関するすごく面白いベストセラーを、もう三、四冊出してるんだよ。ほんとに、夢中になる本。確かこの前のは、住民の大半がヒスパニックだという、テキサスのどこかの町について書いてあった。彼らはね、研究者による訪問聞き取り調査、みたいなありふれたことをするんじゃないの。実際に普通の人としてその町に移り住んで、近所の人たちのことを研究するわけ」

ジェーンはうなずいた。「なるほど。それで納得がいく。ちょっと坐って、この本を調べてみてよ、シェリイ」

「なんで？　今ここで、あたしに全部読めっていうの？」

「違う、徹底的に見てほしいだけ」

「これってゲームか何か？　あんた、相当退屈してんのね」

「じゃ、楽しませてよ」

シェリイは腰をおろし、表カバーの袖にある文を読み、章の見出しをさっと眼で追って、次に裏カバーの袖を読むと、本をひっくり返した。そしてテーブルに置いた。「うん、これでざっと見たけど、やっぱりなんのことだか――」

シェリイは一瞬眉をひそめ、また本を取りあげると、裏へひっくり返した。いっとき、著者の写真を凝視した。それからジェーンを見あげた。ぽかんと口を開け、眼をぐりぐりと丸くして。「ジェーン――?」

「うん?」

「この写真」シェリイがためらいがちに言う。「あんたに頭がおかしくなったと思われそうだけど、これ、ビリー・ジョーとティファニーのかっこいい版に見える」

17

「あたしもそう思ったんだよね」ジェーンは言った。

「どうやってこの本を手に入れたわけ？」シェリイが訊いた。

「間違ってうちに届いたの。ひと箱まるごとこれが入ってた。郵便配達員があたしの両親からの箱をたくさんおろして、これまでうちに置いてったの。そしたらあの子たちが住所のラベルも見ないでびりびり開けちゃって」

二人は本の上に身を乗り出し、念入りに写真を調べた。「髪型が違う。二人とも。それに写真じゃ、成功するための装いって感じ」ジェーンは言った。「でも、絶対同一人物だと思う。ジョンソン夫婦と同じ歯をしてるもん。あたし、歯にはうるさいからね。こんなすごすぎる偶然、ありえないよ。彼らに瓜二つの人たちがいて、その人たちがたまたま彼らに箱いっぱいの本を送ってくるなんてさ」

シェリイは椅子の背にもたれかかり、顔をしかめた。「するっていうと、あたしたちが次のモルモットってことよね？　彼らがあんな田舎っぺの振る舞いをしてたのは、あたしたち郊外の住人たちを驚かせて、反応をバンバン書きまくるためだったんだ。あたし、むかつく」

「あたしは傷つくよ」ジェーンは打ち明けた。「むりにも彼らを好きになろう、やさしくしようと努力して、〝憂慮する住民〟の起こしたばかばかしい騒ぎでは彼らの擁護までしたのに、その間ずうっと彼らに実験用マウスだと見られてたなんてさ。彼らの他の本がそんなベストセラーなんだったら、つまりはお金持ちで、おそらくはすごく洗練された研究者で、そんな彼らがスラムで生活してるってことじゃん」

「だよね」シェリイが言った。「着替えてくるから待ってて」

「寝支度するの？　とっくに寝間着を着てるのに」

「違う、あたしたちはその本が詰まった箱を、正当な受取人に持ってくの」

その箱は玄関ポーチに立っている二人の間にあった。ジェーンが呼び鈴を鳴らすと、ティファニーがドアを開けた。「ティフ、お宅のものである荷物を、郵便局が間違ってあたしに渡したの」ジェーンは言った。「申し訳ないことに、うちの子たちが祖父母から送ってきたクリスマスの荷物の一つだと思って、開けちゃったわ」

ジェーンがかがんで箱の片端を持ち上げ、シェリイがもう片方を持った。二人がかりで運ぶほど重くはなかったけれど。重要なのは、その箱をティファニーに——より正確にはレノア・ジョンソンに渡さずに、家の中へ入り込むことなのだ。

ティファニーは不安げだった。「さあ、こっちへ、受け取るわ」

「いいのいいの、あたしたちが中へ入れる」シェリイは、危うく力ずくでティファニーを脇へ押しやるところだった。

打ち合わせ通り、ジェーンはうまくつまずいて進入し、自分が持っていた箱の片側を落とした。おかげで数冊の本がバラバラ飛び出した。

「まあ、大変、ごめんなさい」とジェーンは言い、すばやく本を拾おうと、ティファニーと同時にかがんだ拍子に、頭と頭をぶつけそうになった。

ジェーンが一冊を掴む間に、ティファニーは大あわてで他の本を元の場所へ詰め込んだ。

「ふうん」ジェーンはその本を掲げて言う。「なんて面白そうなテーマ」裏へひっくり返す。

「それに、なんて魅力的な作家さんたち。なんとなく見おぼえのある気がする人たちだわ」

「あなたたち、知ってるのね？」ティファニーが訊いた。

ジェーンはうなずいた。

「そして怒ってる」ビリー・ジョーが言った。それは質問ではなかった。

「確かに」シェリイが言った。

鼻にかかった喋りかたと南部男の笑みをやめた彼の、外見そのものの変わりようときたら驚くべきものだった。オーバーオールとチェックのシャツという出で立ちでも、今は大学教授に見える。

「どうやら説明すべきだな……」ビリー・ジョー（写真にあった名はウィリアム・ジョンソン）

が言った。

だがジェーンとシェリイに、それを聞く気はさらさらない。「もう晩《おそ》いわ。あたしたち帰らなきゃ」シェリイが言った。

「お願いだから——」ティファニーが言いかけた。

「あなたがたがどんな説明をしようと、あたしたちの気分がよくなることはないわ」ジェーンは言った。「それは請け合います」

二人のジョンソン博士は、あわてておも早口に喋っていたが、ジェーンとシェリイは彼らの家をあとにした。「ちょっと、うちに来ない？　それとも、早く寝る予定は変わらない？」ジェーンは訊いた。

「腹が立ちすぎて眠れないよ」シェリイは言った。

二人は子供たちが食事をして散らかしたあとをきれいにし、自分たちのソフトドリンクを作って、居間に落ち着いた。ジェーンは煙草を探し出してきて、その一本に火をつけた。少しも助けにならなかった。

シェリイが言った。「あたし、あの人たちが書いた他の本を読んだ時は、すばらしいって本気で思ってた。でもあんたやあたしや、家族や隣人たちが、社会学の顕微鏡の下にさらされてるのは、いまいましくてしかたない。身勝手なのはわかってる、他の人のプライヴァシーはどうでもよくて、自分のだけを気にしてるんだから。そのせいで自己嫌悪を感じさせられることに、いっそう腹が立つ」

「彼らは、取りあげた人の本名を使うの？」

シェリイが肩をすくめた。「使わないことを祈るけど、知らないの。彼らが取りあげた人たちは、すごく生き生き描かれてるよ。たぶん、少しは脚色しているだろうから、仮名を使ってるはず」

「だけどあたしたちについての本が出版されたら、お互いに誰のことだかわかっちゃうんだろうね。こんなのって、とにかく気分が悪い。背信行為だよ。とてつもなく卑劣で現実的な悪ふざけ」

シェリイがうなずいた。「大半の人より、特にあんたにとってはね、ジェーン。あんたは、むりして彼らに親切にしてたんだもん。あたしが彼らに親切だったのは、そうしなかったら、あんたに責められるのがわかってたから、それだけ。これで、いろんなことに説明がつくよね」

「なんのこと？」

「彼らのことよ」シェリイが言った。「なぜ引退するには若すぎるように見えるのか。なぜビリー・ジョーがコンピュータを使っていて、関連本がたくさんあるのか。なぜ出所のわからないお金が、彼らにはうんとありそうなのか。なぜ家を買わずに、借りてるのか」

「シャロン・ウィルハイトが、あの家は自分の持ち物だと言ってなかった？　彼らが偽物だってこと、シャロンは知らされてるべきじゃないの？」

「たぶん、不動産会社を通じて貸してるんだよ。彼女がオフィスから急いで帰ってきて、賃貸希望者とお喋りしてるとこなんか、あたしにはとても考えられない。賃貸契約書の署名だって、ビリー・ジョーは実際はウィリアム・J・ジョンソンだし、ティファニーじゃなくてレノアは、たぶん署名してないと思う」

ケイティが階段を踏み鳴らしながらおりてきて、キッチンへ入って呼ばわった。「ありがと、ママ。あたしが、全部きれいにするつもりだったの。ほんとだよ」

「いいのよ」ジェーンは力なく言った。

ケイティが近づいてきて、母親を見ると、手を伸ばして母親の脈を取るふりをした。「大丈夫ですか？　ここはカンカンに怒るとこですけど？」

「今は他の誰かに怒るので忙しいの」

「へえ、よかった」ケイティは言った。「じゃ、女の子たちを今夜呼んで泊めても、気にしないってこと？」

「違う」

「残念」ケイティは陽気に言って、部屋へ戻っていった。

「土曜の夜なのに、うちの子たちが一人もどこかへ行きたいと言いださないなんて！」ジェーンは急にジョンソン夫婦より別のことが気になった。「どこかおかしくない？」

だがシェリイは寄り道をしたくなかった。腹が立っていたし、事態の全容について事細かに論じ終えるまでは、このまま腹を立てているつもりだ。「奇妙なんだよね、彼らが手法を変えてるのは」

「なんのこと?」

「あのね、あたしは二冊だけ彼らの本を読んでるの。四冊あったと思うけどね。読んだ二冊では、ジョンソン夫妻はある地域に移り住んで、その地に溶け込もうとしてた。ヒスパニック系の町に移る時は、より馴染めるように、前もってスペイン語を話せるように勉強したり、髪を黒っぽく染めたりしたとか、確か書いてあった。ペンシルヴァニアの鉱山の町に関する本では、まる一年かけてその地方の歴史とか、住人の名字とか、採鉱の専門用語とかを調べたらしい」

「でも、ここではそんなことをしてない」ジェーンは考えをめぐらした。

「うん、できるだけ目立って場違いに見えるようにした」シェリイは同意した。

「なんでだろ」

「あたしにも不思議。営業上の戦略かもね。ほら、編集者が言ったりすんのよ。前の本はその前のほど売れゆきがすごくなかったから、次回作はちょっと派手にしたほうがいいとかさ」

「研究書っていうより、暴露本ってことね。〈ご覧ください、地域に馴染めない人間に、こういうお高くとまった連中がいかに意地悪く当たるかを!〉とかね」

シェリイがうなずいた。「たぶん、そんなところ。対象となる集団をただ描写するだけじゃなくて、批判するのよ。考えてみたら、あの二冊を読んだ時、別の文化圏についての彼らの洞察をとても面白く思いながらも、研究の対象になった人たちが上から見られているような、そんないやな感じが少ししたの。批判とは違って、ちょっと感じただけだけど。悪い人はたくさんいたのに、いい人はあまりいなかったもんね」

「でさ、あたしたちみたいな主婦は、絶好の対象者じゃない。ああ、シェリイ、彼らがどう描くか想像してもみてよ。あたしのパーティや、スージーの露骨な男あさりや、ジュリー・ニュートンのいつもの能天気ぶりを」

「彼らは自分たちがほんとは何者で、ここで何をしてるかってことを、警察には知らせたのかな?」シェリイが言った。「〝ブタの泥んこ地〟でもなんでも、どこを出身地だと言ってるかは知らないけどさ、彼らが過去をでっちあげたって、警察に調べられたらうそをついていることは必ずわかるよね。しかも、警察にうそをつくのは、あまりいい考えじゃない」

ジェーンは二人ぶんの飲み物をお代わりしてこようと、腰を上げた。シェリイもついていき、氷を出そうと冷凍室を開けた。「どうして製氷機を直させないの?」

「その気力がなくて」

「なんか食べるものある?」

ジェーンは笑った。「あたしはあまりものクッキーの女王なんだよ、シェリイ」

二人でまた坐ってクッキーをかじり始めた時、ジェーンは言った。「メルにもっと時間があって、あたしたちにいろいろ教えてくれればね。彼に電話をかけてみるべき?」

「アディと話す羽目になるリスクを負って?」

「いいとこ突くね。ねえシェリイ、これってあの夫婦がランス・キングの死と、なんか関係があるってことなのかな? 動機は? あんたさっき暴露って言葉を使ったじゃん。彼らが手口を変えたという、あたしたちの考えが正しければ、ランスと同じ暴露仕事をやってたわけだよね。ランスが、彼らの正体を摑んだのかもしれない」

シェリイは考えてみた。「だけど、あの夫婦について彼が言えた最悪のことって、彼らがベストセラー作家ってことだけだよ。称賛はされても、恥じなきゃいけないようなことじゃない」

「生活の資本を――それもずいぶんいい生活みたいだけど――どうやって稼いでいるかを隠してるんなら、それを知られるのは経済的な大打撃になりかねないよ」

「ああ、そうか。あの夫婦が本当は何をしてるかを知れば、あたしたちみんな、最高に行儀よく振る舞うから、そうすると彼らは実態を摑めないってわけだ。それでもジェーン、誰かを黙らせておくために実際に殺すっていうのは、動機として弱い気がする。露見したら、成功した人生もずたずただよ」

ジェーンはもう一本煙草に火をつけ、こんなに間をおかずに二本目を吸ったら、眼が回るだろうかと考えた。

「あんたが正しいことを、心底願うよ、シェリイ。だって、彼らの本当の身元を知ったせいで、ランス・キングが殺されたんだったら、あんたとあたしもえらいことになりかねないもん。今やあたしたち、彼らが何者か知ってるんだから」

18

日曜日の朝、ジェーンは自分自身と子供たちを引きずって、午前九時の教会の礼拝へ出かけた。おめかしするのも、寒い外へ出るのも、子供たちと同じくらい気がすすまなかった。とはいえ、気がすすまないのはよくあることで、あとになれば、がんばって出かけてよかったと必ず思うのだ。クリスマス前の日曜日は、いつの年も特別に美しく、心が浮き立つ。この日も本当に美しい朝だった。とても寒くて晴れていて、ほとんど風はなく、昨夜のうちに積もった二インチほどの新雪に、まぶしい太陽が降り注いでいた。

「ほらね。そう悪くなかったでしょ？」車での帰り道、ジェーンは言った。

マイクは車に持ち込んでいた日曜紙を、返事代わりにガサガサやった。トッドは兄にコミック本を取られまいとしていて、何も答えなかったが、ケイティが言った。「まあまあだった」

「まあまあですって？　よく言うわ！　あのちっちゃな子たちが通路を歩いてって、飼い葉桶のところへ（クリスマスの時期に教会ではキリストの降誕場面を模型で再現する）贈り物を置く時、あんたたち三人しておセンチになってたの、ちゃんと見てたのよ」

「はいはい。すてきだったよ」ケイティが認めた。「あの子たち、ほんとかわいかったよね？

あの包みは本物の贈り物なの？」

「ちゃんと聞いてた？　あれはホームレスの収容施設にいる子供たちへの贈り物よ。ケイティ、ヒーターがちゃんと動いてるか確かめて。すごく寒い」

「通りの向かいにある銀行の時刻表示板を見たけど、俺たちが教会にいた間に、気温が四度下がってる」マイクが後部座席から報告した。

「ニュースを見るひまがなかったのよね」ジェーンは言った。「これからひどく冷え込むのかな？」

子供たちはいっせいに肩をすくめた。客用の浴室の蛇口から少し水を流しておくのをおぼえとかなきゃ、とジェーンは自分に言い聞かせた。そこが最も水道管の凍りそうな場所なのだ。

彼らが家に着くと、勝手口にペットがいて、メルがMGの運転席に坐って暖まっていた。

みんなで家の中へ入り、それぞれコートを脱いでしまうと、ジェーンは本物の朝食を、大急ぎでこしらえ始めた。「メル、夕食にチリを大鍋いっぱいに作ろうかと思ってるの。お母様と来ない？」

「来られないんだ」彼が言った。「母の旧《ふる》い友人たちが、俺も夕食に誘ってくれてるから。俺だってよほどこっちに来たいさ。その人たちとは俺が七歳の頃に会ったきりだから、懐かしくもなんともないしね」

手伝いを買って出てくれたメルは、冷蔵庫にあったパック入りの卵を彼女に渡し、バターを取り出して、電子レンジで温めた。マイクはすでに、ジェーンの嫌いな作業に、つまりベーコンをいためるのに取りかかっているし、ケイティはトースターにパンを並べている。トッドとペットはテーブルの席にいて、彼がコミック本を一ページ、また一ページとめくりながら、彼女に見せてやっている。

「ほら、わかったでしょ？」ジェーンは子供たちに警告した。「あんたたちはね、一生あんたたちの母親の子供ってこと。お母様は、とにかくあなたを見せびらかしたいのよ、メル」

呼び鈴が鳴ると、ジェーンは反射的にあと二つ卵を割った。誰だろうと、きっと食べたがるはずだ。

「外をうろうろしてたんだけど、あなたが料理をしてるのがわかっちゃって」ジンジャーは言った。彼女がコートを脱ぐのを、ペットが手伝う。「すごくいい匂い」

「あたしたちと食べてくでしょう？」ジェーンは誘った。

「わたしが我慢できると思う？　朝食って、一番作るのが楽しくないのに、一番食べるのが楽しみな料理なのよね。シナモン・シュガーはある？　ない？　じゃあ、ちょっと作る。バターをたっぷり塗ったトーストに、シナモン・シュガーを振らないなんて、朝食じゃないわ」

なんの目的で来たのかを、ジンジャーはまるで説明しようとしない。だからジェーンは、ひょっとしたら、あたりをうろつきながらごちそうしてくれる人を探していただけではないかと思い始めた。キッチンには多すぎるほど人が集まったため、みんなで食堂へ皿を運んでいた時、やっとジンジャーが言った。「ここへ来たのは、食べ物をねだるためだけじゃないの。あなたにインタビューをしたいのよ」

「あたしに?」ジェーンは訊いた。「どうして?」

「あのパーティとランスの死に関することだから」

「だめよ」ジェーンは言った。「悪いけど」

「あなたの名前は出さない」

「あなたが知っている程度のことも、たぶんあたしは知らないのよ」

ジンジャーはまるで誰かにつねられたかのように、突然ぎくりと驚いた顔をした。それからメルのほうを向いた。彼はテーブルじゅうに、そして自分にまでシナモン・シュガーをばらまかぬよう、パンにふりかけんとしている。「きっと、ランスのコンピュータからは何も出なかったってことよね?」

「出なかったね」彼が言った。「使えるものは皆無だった」

「ああ、なんてことを! わたしってほんとにばかだ。あなたはきっとわたしをぶん殴りたくなる――」

メルはトーストを置いて、彼女を見た。「どうして?」とてつもなく険悪な声だ。

「実は、忘れてたことがあって。ランスは、とにかく絶対にハードディスクにデータは入れないんだって言ってた。あれは、彼がなんの取材をしてるのか知りたくなったわたしが、彼のコンピュータをいじり回したりしないように、牽制してるんだと思ってた。でも、そのあと眼に留まるようになったの。コンピュータを使う時、彼は電源を切る前に、いつも必ずディスクを取り出して、ポケットに入れていたのよ」

「死んだ時、彼はディスクを持ってなかった」メルは言った。

「それなら、どこかで失くしたんだわ。だって彼は常に、少ない時でも一枚、普段なら二、三枚持ち歩いてたもの」

メルが言った。「ジェーン、ここにディスクはなかったんだろう？」

「なかったし、聖歌の集いのパーティとクッキー・パーティの間に、かなり念入りに掃除をしたの。あれは、うっかり掃除機に吸い込むようなものじゃないわ」

「すると、おそらく外のどこかで雪に埋もれてるんだろう。くそう！」メルは見るからに悔しそうで、意味ありげな眼でジンジャーをにらみつけると、皿を押しやって立ち上がり、電話へ歩いていった。戻ってきた時、彼は言った。「何人か、こっちへ捜索に向かわせている。こんなに寒くなってるんだ、おかげで俺は大変な人気者になるよ」

「だったら待っている間に、朝食をすませることね」ジェーンは強くすすめた。「どうせすぐには到着しないんだし、ディスクが外にあるんなら、ずっとあったってことでしょ。あと十分くらい、どうってことないよ」

ジョンソン家の庭からはずされていた黄色のテープが、また元通りに張られた。メルと三人の警察官は近所の家々から熊手を借りて、積もったばかりの雪全部を掻き分け始めた。あと二人の警察官は、屋根の上で同じ作業を慎重にやっている。ジェーンは広い心で協力を申し出たが、警察が民間人を現場に入れないのはわかっていた。ビリー・ジョーとティファニーも、全く姿を見せていない。

ジェーンは前の晩に彼らと交わした短い会話や、シェリイと摑んだ彼らの正体について、メルに話したかった。だが、二人きりで話す時間がなかった。特に家に報道記者がいては。それに、シャロン・ウィルハイトとした話のことも、まだ言えないままだ。

ジョンソン家に再び警察が来たことで、大変な数の人が集まった。近所の人たちは、散歩に出てきたふりをして足をとめ、ぼうっと眺める。そんな混乱状態に、クリスマスの装飾のせいでどっと押し寄せた車が加わった。たくさんの車がとまり、中にいた人たちが黄色のテープまでやってきて、何事かと尋ねている。新聞社やテレビ局の記者たちが現れた。ジェーンはモンスター級のコーヒーメーカーを取り出し、濃くて熱いコーヒーを淹《い》れて、カップに注いでメルに持っていき、警察官たちに配ってもらった。

気温は下がり続けた。ジェーンは水道管のことを思い出し、客用の浴室の水道から水をゆるゆる出して、流しっぱなしにした。シェリイは、警察がテープを張るのとほぼ同時に、何があったのかと電話をかけてきていた。そして二時頃やってきて、ジェーンの寝室の窓から、やはりぼうっと眺めていた。二人は、自分たちが摑んだことを、ジェーンからメルに伝える機会がなかったことを嘆いた。といっても、二人が知っていることを彼が知らないとはかぎらないのだが。

「ジョンソン夫婦をちょっとでも見かけた？」シェリイが訊いた。

「ううん、影も形も……衣装もない」ジェーンが言った。「家にいると思うけど、警察が家を囲んでから、あたしの見たとこ、一歩も外に出てないからなあ」

ジェーンがそう話していた時に、ジョンソン家と彼女の家との間をビリー・ジョーが横切ってくるのがちらりと眼に入った。「彼がこっちに向かってる、シェリイ。もうっ、あんたのとこからは見えなかった」

「まさか彼を家に入れる気じゃないよね？」

ジェーンは一瞬考えた。「彼はばかじゃないもん。警官の群がる中を歩いてきて、この家であたしたちを殺したあと、また警官の間を歩いて戻って、なんの疑いも持たれないとは考えやしないって」

「わかった。でも、あたしがここから下を見張ってる」シェリイが言った。「困ったことになりそうだったら、窓を開けて、そこらじゅうに響きわたる悲鳴をあげてやる」

ジェーンはしばらく寒い外でビリー・ジョーを待たせ、彼が二度目の呼び鈴を鳴らしてから玄関を開けた。「なんでしょう？」冷ややかに尋ねる。

彼はビリー・ジョーの仮面を捨て、まさに名門大学出身者の過ごす休日といった装いをしていた。ハーヴァード大のスウェットシャツにジーンズを合わせ、高価そうなハイキング・ブーツを履いて、パーカーを重ねている。ジェーンがクリスマスにマイクに買おうかと考えたものの、彼女の最初の車ほどの値段だったのであきらめたパーカーに似ている。彼は本当に全くの別人に見えた。

「少しお邪魔してもいいかな？　一分でいいので」

「いいでしょう」

ジェーンはもう少しドアを開いて脇によけたが、玄関ホールからは動かなかった。

「ミセス・ジェフリイ、手はずが調い次第、わたしたち夫婦がここを出ていくことを、あなたにお知らせしておきたい」

「へえ？」ジェーンはがんばったが、きっと失敗だと思った。無関心を装うなんて。

「わたしたちは、隣にこれほど賢明な人がいようとは予測してなかった。そして、あなたが隣人たちに話すだろうことも承知しています」

「当然、そうします。どうしてあたしが、あなたがたの秘密を守らなくてはならないの？」それからすばやく考えて、ジェーンは言い添えた。「実は、もう話してるの。それも大勢に」

「最初から、よくないアイデアだったんだ」彼は言った。「だまされたとあなたが思っても当然ですよ。あなたはいい人だ。あなたが考えていたわたしたちという人間に対して、やさしかったし、思いやりがあった。それに、わたしたちが突飛なことをすればするほど、ますますやさしくしてくれた」

ジェーンは少し心が緩んだ。だがほんの少しだけ。「するとあなたがたは、また別のどこかでこんなことをおやりになるのね。他の人たちを、意地の悪いちょっとした研究のぺてんにかけるわけだわ」

「本当に申し訳ない」

ジェーンの礼儀正しさは気持ちとせめぎあい、屈した。「そう思って当然です。さようなら、ジョンソン博士」

彼は、あとはひと言もなく去った。ジェーンはドアを閉め、階段を見あげた。「全部聞いた?」とシェリイに声をかける。彼女はすでにおりてくるところだった。

「聞いた。彼の言ってたことを信じる?」

「疑うことは頭になかったな。今のも演技だと思うの?」

「誠実に見えた」シェリイが言った。「だけど彼、田舎っぺのビリー・ジョーだった時も、誠実には見えたもんね」

「その通りだと思う」

「ご近所も彼のことを知ってると言ったのは、おみごとだった」

「とても役立つと思って。危険を外へひろげるというか。もし彼らがほんとに危険だったらだけどね。キングが次回作の計画を台無しにして、経済的な大打撃を加えようとしていたとしたら、彼らはキングを殺したのかもしれない。でも、彼らがあたしたち二人まで殺しかねないと考えるのは、想像が過ぎるというものだし、頭のいい彼らが、ご近所の全員を殺せるなんて考えるはずがない」

シェリイはにやりとした。「いずれにしても逆効果よね。研究対象が一人もいなくなっちゃう」

電話が鳴ったので、ジェーンはなおも笑いながら受話器を取った。

「ミセス・ジェフリイ？　サム・ドワイヤーです。ちょっとお話ししていいですか？　昨日パーティに誘ってくださったお礼を言いたかったので。それから、お返しができないかと思いまして」

「それはすてきだけど、お気遣いはどうぞご無用に。あたしは来てくださって、嬉しかったんです。あのファッジもすばらしかったし」

「ペットとぼくは、あなたのご家族を今夜のディナーにご招待したいんです。あの子の話だと、チリを作るとおっしゃっていたとか。ぼくの作るチリもすごくおいしいですよ。よろしかったら、お子さんみんなとおいでください」

「それはご親切に。今夜、長男は約束がありますけど、他の子たちの予定を訊いて、折り返しお電話します」

「その必要はありませんよ。全員の分をたっぷり作りますし、残ればペットとぼくが食べますから。五時半だと、早すぎますか?」

「へえ、いい感じだったじゃない」ジェーンが電話を切ると、シェリイが言った。

「サム・ドワイヤーがあたしと子供たちをディナーに誘ってくれたの。あたしにはすてきな料理休み」

「サム・ドワイヤーとデートか」シェリイは考えに耽った。

「デートって! シェリイ、口を慎みなさいよ。デートなんかじゃないって!」

「あたしにはそう思えるな」

ジェーンは首を振った。「違う、デートなら、子供三人も連れてこいなんて、誰も言わないよ」

「サムはあんたに気があるんだと思う」

ジェーンは赤くなった。「ばか言わないで。そろそろ近所の人たちと知り合いになるべきだって、きっと彼は気づいたとこなのよ。それをうちから始めたのは、あたしがクッキー・パーティを開いたから」

「ううん、それだけじゃない。あたしはぜんぜん彼に喋らせることができなかったし、スージーだって空振りに終わった。たぶん彼はあんたを好きなのよ。感じのいい男やもめにゃ、感じのいい未亡人よね」

「違う、違う、ちがーう!」

だがシェリイが帰ってしまうと、ジェーンはつい考えていた。あたしがサム・ドワイヤーとデート？　メルはあんまり嬉しがらないだろうな。

19

ケイティとマイクには他に夕食の予定があったが——いや、ケイティの場合は一応あるとの主張だったが——ジェーンは、トッドにはドワイヤー家についてくるよう言い張った。せめて一人は子供を連れていかないと、ペットがいるにしても、そのディナーがデートと見なされてしまうかもしれない。そのことでシェリイにからかわれ、ジェーンは真剣に悩んだ。サム・ドワイヤーはあたしに関心があるのだろうか？　シェリイはもっともなポイントを挙げていた。彼は誰とも話したがらなかったのに、うちのパーティにはやってきて、感じのいい会話にあたしを引き込んだ。彼はペットのために世間とのつきあいも必要だと感じて、変わろうともがいているのだろうか、それとも、本当にあたしに気があるの？

もしそうなら、小さな芽のうちに摘み取らなくてはいけない。ジェーンはメルの存在が大きな部分を占めている、今のままの生活が気に入っていた。だが、寝室の窓から警察がお隣の庭を捜索しているのを見ているうちに、考えがふらりと危ない領域に入ってしまった。サム・ドワイヤーはなかなかいい人のようだ。もし思っている以上にいい人で楽しい人だとわかったら、どうする？　もしあたしも彼に惹かれているのだとわかったら？

いいえ、そんなこと考えちゃだめ、と彼女は自分に言い聞かせた。ちょっと神経過敏になってるだけ。母ならきっと言ったように、そんなのは〝取り越し苦労〟なのだ。

空は再びどんよりと曇っていて、四時にはもう暗くなり始めていた。警官たちは今日の作業を終わりにして、芝生用の熊手を返却し、いらだたしげに首を振っている。

「ディスクは見つからなかったの?」メルが玄関へやってきた時、ジェーンは言った。

「ああ、それに俺はあそこにあるとは思わない。コーヒーはまだ残ってるかな?」

ジェーンは彼のために大きなカップにコーヒーを注いで、彼とキッチン・テーブルのところに腰かけた。「急いで話をしなくちゃならないの、メル。ご近所さんから子供たちと早めの夕食に誘われてるんだけど、ちょっと伝えておきたいことが二、三あるのよ」まあ、子供たちは全員招待されたわけだし、サム・ドワイヤーはご近所さんだから、うそにはならない。

「かぎ回ってるのか?」

「あたしたちは、常に眼と耳を開いとくだけよ」ジェーンは憤慨した。「あなたは、シャロン・ウィルハイトがランス・キングの別れた妻だって、知ってるわよね?」

「彼女が俺たちにそう言ったよ」

ジェーンは、シャロンが自分たちに喋った中で重要なポイントを、ざっと話した。「今言ったこと、彼女が警察に言ったことと一致する?」

「台本があったみたいにね」彼が顔をしかめる。

「それは彼女を信用しないってこと？」

「とは限らない。だけど、わずかながらでも、キングがきみの家へ来る可能性があったのに、なぜ来たのかがどうもわからない。俺だったら、疫病のように避けるけどね」

「彼女にそのことを質問してみた？」

メルはうなずいた。「こう言ってたよ。彼が来るとは聞いたが、そのあとで来ないと聞いたので、鉢合わせするおそれはないと思ったと。たぶん彼女は、俺以上に噂話を信じるたちなんだろう」

「彼女がポリアンナ・タイプだなんて、あたしにはピンとこないな」ジェーンは言った。そして腕時計を見た。この会話をそのまま先へ進めなくてはいけない。どのご近所さんから夕食に誘われたのかを話さなくてすむように。「もう一つシェリイとあたしが知ったのは、ジョンソン夫婦のことなの」

メルが言った。「彼らのことは何も教えられない」

「うん、でもあたしから言えるわ。彼らは社会学者、または文化歴史学者かなんかよ。田舎者の言動を装って、新しく書いている本のために近所の人たちをひそかにさぐってた」

メルがうなずいた。

「知ってたの？　それなのに、あたしには言わないつもりだったの？」

「キングの殺人事件が解決するまではね。きみがじかに彼らから探り出すことくらい、俺もわかってたはずなのに」

「探り出したりしてない。勝手に棚から落ちてきたの。というより、うちの玄関に届いたのよね。彼らの最新刊が詰まった箱がこの家に配達されて、子供たちが間違って開けちゃったわけ。本の裏に、彼らの写真が載ってた」

メルの眼が丸くなった。「情報ってやつは、どうして俺んとこにはすんなりやってこないんだ？」

「彼らを疑ってる？」

「身分を偽っていたから？　いや。あの夫婦は自分たちが本当は何者で、何に取り組んでいるかを、ただちに警察に報告したよ。ぎりぎりだが、合法的な偽装だ。少なくとも、法に引っかかることは何もない」

ジェーンはちらりと時計を見た。五時十五分前。まだこれから着替えをして、化粧をしなくてはならない。「お母様はどうしてらっしゃるの？」

「母さん！　ディナー！　うんざりだ！」メルはいきなり立ち上がった。「もう行かないと、ジェーン。あとで電話するよ。できればまた寄る」

ごそごそコートを着ようとしている彼に、ジェーンは問いかけた。「この事件、捜査は進んでる？」

メルはちょっとためらった。「いや」落胆した様子で正直に言う。「悪く取らないでほしいんだけど、きみとシェリイは邪魔しないではいられないんだな」

「またそれを言う」ジェーンは微笑んだ。「あたしたちは邪魔してるんじゃない。時々、主婦の眼で見た意見を提供するだけ」

「ああ、そうだな」メルは言うと、おざなりのキスをして寒さの中に飛び出していった。


サム・ドワイヤーは、家の様子を見る限りでは、父親と母親の両方の役をよくやっていた。センスがいいというのではないが、居心地がよくて温かみがあり、男性ならあまり気がつかない細やかさがたくさん見て取れた。あちこちの家具にアフガンがかけられ、クッションがぽんぽんと置かれていて、壁には絵がかかっている。クリスマス・ツリーは巨大で、飾りつけはほとんどペットが作ったか、好きで選んだものだった。たくさんの小さな人形、輝くものがポツポツついた飾り、その他に、芸術的な才はなくとも愛情を込めて作られたわけのわからないものたち。


ペットは、また新しく手にしたコンピュータ・ゲームを見せに、すぐさまトッドを連れていった。ジェーンはチリの匂いをたどってキッチンに入った。サムが振り返った。「玄関でお迎えしなくてすみません。玉葱を多めに刻んでいたので。どうぞ坐ってください。気楽にしてくださいね、ジェーン」

ジェーンはキッチンを見回した。改装していないご近所のキッチンと較べると、そのほとんどより広い。だからサムはこの家を選んだのかもしれない。チリの匂い、それと玉葱を刻む手つきからして、彼は料理を本格的にやっているのだろう。流しの上のラックには、高価そうな鍋が大小取り揃えられていて、窓の桟には小さな木の箱があり、そこに成長中のハーブの鉢が並んでいる。

「ぼくのチリは、あと一つ化学反応があれば溶岩だと言われてます」彼は言った。「だけど、今回は最低限のスパイスを使うようにつとめました」

「すごくいい匂い。きっと料理上手でいらっしゃるのね」

「妻が料理好きじゃなくて、ひどく下手だったから、おぼえるしかなかったんです。何度か講習を受けてみたら、筋がいいとわかってね。飲み物はいかがです？　アイス・ティーかサングリアかコーヒーか……？」

「チリにはサングリアが合うと思います、ありがとう」

「ぼくもそう思います」彼は念入りに両手を洗い、玉葱の臭いを消したあとで、グラス二つを満たし、彼女の向かいに坐った。「料理はしますか？」

「ええ。でなかったら、家族で飢え死にです。実は、いくつかの料理はすごく、すごく得意。でも、来る日も来る日も栄養補給のための料理、には頭がどうかなりそう」

「二人で料理の交換を考えるべきだな。そうしたら、お互いに労力が半分ですむ」

「まあ、そうですね」ジェーンはそわそわして言う。

「このあたりのご出身ですか？」

「いえ、実はどこの出身ということもないんです」ジェーンは言って、それから説明した。父親が国務省の役人で、どんな言語でもたいてい数日のうちにものにするという、なんとも気味悪い能力を持っていたために、子供の頃の彼女と姉のマーティは、両親と共に任地に赴くか、一番手近な寄宿舎に留めおかれるかのどちらかだったのだ。「父は、〝イディオ・サヴァン（知的障害を持つ一方で、記憶力、暗算、音楽などに特殊な才能が備わっている人）〟と、以前なら呼ばれかねなかったでしょう。ただし、ばか《イディオ》ではなかったけど」

「でも、ここにはもう長いんでしょう？」

「あら、ええ。あたしの子供時代は興味深いものだけど、誰にもあんな生活を背負わせたくないわ。だから結婚した時に、子供たちがみんな成長するまでは、ずっと同じ家で育てるって決めてました。運のいいことに、あたしが結婚した相手は、この地に深く根ざした固い家族のつながりがあったので、どこかへ引っ越す心配はなかったの」

「ご主人を亡くされたとか。誰かからそう聞いたもので」

「その通りです。でも、いずれにしてもあたしはここから動けません」ジェーンは質問され続けることに少し警戒した。すっかり打ち解けて、自分の経済的な状況やらどうやって家庭を守っているかやらを喋るつもりは毛頭ない。夫と離婚、あるいは死別した多くの女性たちがそうしていても。

サムが彼女のサングリアをなみなみと注ぎ足し、また何か訊きたげな顔をした。

「で、あなたはどうなの？」ジェーンはあわてて言った。

「ああ、同じようなものかな。ぼくの父はばかな側《イディオ》に近くて、仕事が続かなかったんです。でも、結果は同じ。あちこち転々として、家というものの感覚がなかった。家族というものにしてもね。何度も何度も父は新しい仕事に就いて、そのたびにぼくたちを呼び寄せられるように、しばらく働かなくてはならないんだけど、それまでは母が働いて家計をなんとか支えていた。同じ場所で子供を育てることについては、あなたと同じように感じてます」

「ここにはもうどのくらい？」

「ほんの数年です。ペットの母親が死んでからですから。でも、ぼくたちはずっとここにいるつもりですよ。それにぼくはついてます。家にいられて、ペットが必要な時に相手をしてやれる仕事を持ってるんですから」

「奥様が亡くなられたことを、とても穏やかにお話しになるのね」

「あなたも、ご主人のことでは同じですよ」彼が指摘した。

「その通りだわ。でも最後は、幸せな結婚生活ではなかったの」これはうんと控えめなほうの表現だ。なにしろスティーヴは、凍りつくような二月のある夜に、彼女を捨てて他の女のもとへ走ろうとしていて、車ごとガードレールに突っ込んだのだった。

「ぼくのほうもです」彼は正直に認めた。「コーンブレットを見てこないと」

「何かお手伝いできることがあれば?」ジェーンは声をかけた。

「ありますよ。食堂のテーブルに、新聞をひろげてしまってるんです。クローゼットの中のリサイクル箱に、それを押し込んでもらえたら」

手伝おうかという申し出を、本気で受け取ってくれる人たちに、ジェーンは好感を持っている。それにこの状況に区切りをつけるよい方法でもあった。彼からすれば礼儀にかなった問いかけも、彼女には就職のための面接試験を思わせるから。

ジェーンは新聞を集めてクローゼットの扉を開いた。それは実際にはむしろ食料品室で、一方の壁に沿って高い棚が置かれ、その下にリサイクル箱が並んでいた。サム・ドワイヤーはリサイクルに真剣に取り組んでいるようだ。紙用の箱には新聞だけでなく、段ボールの卵パックに使い終わった包み紙、雑誌、それから折り畳まれた箱もいくつか入っていた。金属用の箱もほぼ同じ。ソーダ缶や食品の缶の他に、丸めた使用済みのアルミフォイルまであった。深刻なまでに几帳面すぎる人物だ。そりゃあ、料理するのにエプロンをかけるような男に、何を期待するっていうの? 男物のエプロンだけど、でも……やっぱりエプロンだもん。

ジェーンはひそかに微笑み、彼に恋をする心配などぜんぜんないことを悟った。

そのおかげで、楽しい夕べを過ごすことができた。チリはスパイスが効いていたが、おいしかった。ソースに生のトマトがきれいに刻み込んであり、はっきり何と特定できない隠し味が感じられたが、ほんの少しのナツメグではないかと思った。サムはコーンブレッドも焼き、粉末パプリカをたっぷり混ぜ入れたグリーンのチリソースも作っていて、すばらしい味だった。それからデヴィルド・エッグ（ゆで卵を縦半分に割り、黄身をマヨネーズや香辛料などとあえ、白身に戻した料理）とクリームチーズを載せたパリパリのセロリ、一見シュペッツレ（小麦粉、卵、水をこねて麺にしたもの）のようだが、ゆでたあと焼いてある小さなクラッカーもあった。サムはそれらを自慢にしていた。いずれも彼が自分で考案したレシピなのだが、どうやって作るのか秘訣は教えてくれなかった。かえってそのほうがいい、とジェーンは思った。作ってもたぶん失敗するだろうから。

子供たちはその料理の味わいを気にも留めず、飢えていたかのように、ただがつがつと食べた。トッドは食事に合わせてソフトドリンクを飲み、ペットはかわいらしい昔風のミルクピッチャーから特別なミルクを注いでもらった。どちらかといえば弱々しげに見えるペットが、トッドよりたくさん食べたのに、ジェーンは驚いた。我が子が好き嫌いのある子でなかったのは、サムにとって、全く結構なことだ。

食べ終えるやいなや、子供たちはコンピュータ・ゲームに引き返してしまったので、ジェーンは残念に思った。これは家族の団欒というべきものなのだから、家族みんなが最後まで一緒にいれば、すてきだろうに。

サムは急いでテーブルを片づけ、デザートに移るわけではなかった。ジェーンが心からのあふれ出すような褒め言葉を述べ終えると、また質問モードに戻った。だが今回はジェーンではなく、ランス・キングについてだった。ジェーンは面白いと思った。彼は、ご近所の誰よりも一番そのことに無関心に見えていたからだ。ジェーンの知る限り、彼はこの界隈を歩き回って、何が起こっているのかと隣人たちに尋ねてはいない。他の者はほぼ全員がやっていたことなのに。

「こんな真冬に熊手を持って、警察は今日何をしてたんでしょう?」サムが訊いた。

その答えはすでに充分すぎるほどの人が知っているのだから、教えるべきでないことは黙っていようと、ジェーンは決めた。「どうやらランス・キングは、追いかける対象になりそうな人についてのメモを、コンピュータのハードではなく、ディスクに保存してたらしいの。少なくとも、彼の助手のジンジャーはそう言ってます。警察はまだディスクを見つけていないし、彼が屋根に登っている時か、屋根から転落した時に、落としたんじゃないかと考えてるみたい」

「妙なことをするんだなあ。ディスクは壊れやすいのに。警察は誰かがそれを持っていったと考えてるの?」

「警察が何をどう考えてるかは、あたしには全くわからないわ」ジェーンはきっぱり言った。「それに正直なところ、何もかもうんざりなんです。クリスマス時期恒例のストレスや、シカゴの半分の人たちがわざわざ見物に押しかけるような飾りつけをするお隣さんのことがあるのに、そのうえランス・キングの殺人事件なんて、どうにも対処のしようがないもの」

彼はそれが暗に意味することを汲み取り、それ以上は質問しなかった。その代わりに、ラジオをつけ、クラシック音楽の局に合わせると、テーブルを片づけ始めた。「ぼくもそんなにいろいろとあるようだったら、同じ気持ちになっただろうね。でもすぐに終わりますよ。クリスマスも捜査も」

「ひょっとしたら、終わらないかも」ジェーンは言った。「解決されない殺人事件だってあるもの。これがその一つにならないという確信は持てないわ」

20

サム・ドワイヤーは、手伝うというジェーンの申し出を今度は断り、何回か往復して皿を運んだ。彼が最初に皿を持っていった間に、彼女はペットのグラスに残っているミルクの代用品をひと口飲んでみた。いい製品だ。本物と変わらない味だけど、たぶんとても高くつくはず。感謝しよう。子供たちの誰にも、代用食品を必要とするアレルギーがないことに。あればどんなにわずらわしい思いをしたことか。

サムがトッドとペットをテーブルへ呼び戻し、デザートを運んできた。切り分けた小麦粉のトルティーヤを油で揚げ、砂糖をふりかけたものだ。それはチリの刺激を静める働きをすると、サムは力説した。ところがチリのせいで、ジェーンは少し胃がおかしくなっていた。頑強な消化器官をいつも自慢にしているのに、残念だ。

デザートが終わったところで、ジェーンは言った。「最高のディナーだったわ、サム」どうか、これでお開きだとうながしている言いかたに聞こえますように。

「まだ帰るつもりじゃないですよね？」

「不作法な真似はしたくないけど、帰らなくてはならないの。今日のうちにやっとくことがわんさかあって。贈り物のラッピングさえ、まだ終わってないのよ」

「あのー」ペットが言った。「ママが写っているスクラップブックを、お見せしたかったのに」

「ペット、ミセス・ジェフリイはね、きっとまた今度見にきてくださるよ」サムは言った。

だがペットがひどくがっかりしている様子なので、ジェーンは考え直すしかなかった。「贈り物はもう少しあとでもいいわよね。ぜひあなたの写真を見せてほしいわ」

サムが食事の後片づけをしている間に、ペットは保護用のカバーをかけたスクラップブックを取ってきた。ジェーンと並んでソファに坐り、得意げにそれを見せる。ずいぶん擦り切れた感じだ。思い出すことすらできない母親を、ペットがとても恋しく思っているのは明らかだった。この子に軽いセラピーでも受けさせることを、サムは考えてみたことがあるのだろうかと、ジェーンは思った。だが彼にとっても、セラピーは気楽に受けられるものではないはずだ。彼の話だと、結婚生活はあまり幸せなものではなかったようだから。

最初の写真は、結婚式の記念写真だった。よそゆきの緊張した感じ。いや、少なくともずいぶん若いサムは、こわばった笑みを浮かべて直立不動だ。かたや花嫁は、人生最高の時を迎えているように見える。笑っている最中らしい瞬間を、カメラマンは捉えたようだ。花嫁は誰でも花嫁であるだけで美しい。それを別にすれば美人とは言わないけれども、陽気で幸せそうだ。髪の色はペットと同じようなごく普通の茶色。だが量はたっぷりあり、カールがかかって、ふわふわとあらゆる方向にひろがっている。ドレスは襟ぐりが少し深めにくれていて、大きな胸のふくらみが露《あらわ》なのが、あまり純潔らしく見えない。

「あなたのお母さん、すごくきれいね、ペット」ジェーンは言った。ペットは真剣な顔でうなずく。

続く写真はどれも撮りかたのよくないスナップだった。新婚の二人が、おそらくは買ったばかりの車のそばに立っていて、後ろに椰子の木が見えるもの。ビーチに坐っているが、大きなパラソルに隠れて何も見えないもの。小さな柵で囲った庭で、一匹の犬と遊んでいるもの。どの写真でもペットの母親は笑い、サムは深刻そう。二人がうまくいかなかったのもむりはない。ペットの母親の外見には、ほんのわずかながら〝気立てのいいふしだら女〟を思わせるものがあった。下品というのではなく、たいていの女性より少しだけ肉感的で開けっぴろげなのだ。とはいえ、当時の彼女はまだ若くもあった。

「これがわたしのお気に入りなんです」ペットが次のページを開いて言った。

そこにはマタニティ・ドレス姿の母親がいて、横向きに立ち、そのお腹が大きく出っ張っていた。

「それがわたし」ペットはくすくす笑った。その時初めて、ジェーンはペットの心底嬉しそうな声を聞いた。「わたしが生まれる前の夜だったんです」

「とてもいい写真ね。あたしもこういうのを一枚持ってるわ。マイクが生まれる前の日の写真よ。お母さんはなんていうお名前だったの、ペット？」

「パトリシア。わたしと同じです。でも、パティ・スーと呼ばれてました」

そのあとの写真が語る話は、おそらくもっと歳を重ねるまで、ペットが理解することはないだろう。ペットと一緒のパティ・スーの写真は、とにかくたくさんあり、以前の彼女のままで笑っていて幸せそうだ。サムとパティ・スー二人だけの写真では、深刻そうだ。フィルムに収められた壊れゆく結婚の歴史。いつの日かジェーンも、自分の結婚が写真という記録の中で壊れていたのかどうかを、写真を見て、確かめることになるのかもしれない。

あるいは、ずっと見ようとしないのかも。

最後は、ペットの三歳の誕生日の写真だった。ペットがパティ・スーの膝に坐り、その前に誕生日ケーキが置かれていて、ペットの顔じゅうに砂糖衣がついている。パティ・スーが笑いすぎで涙をぬぐっている。サムは写真のどこにもいなかった。

「ペット、あなたのスクラップブックはほんとにすばらしいわ。こういう写真をたくさん持っているあなたはとても幸運だし、きっといつまでも大切にするんだと思うわ」

「ありがとうございます、ミセス・ジェフリイ」ペットは言ってアルバムを閉じ、保護用のプラスチックの袋に入れた。ちょうどその時、まだ書斎でコンピュータ・ゲームをしていたトッドが、ペットに呼びかけた。彼女はきちんと断りを述べて、その部屋から出ていった。

ペットがもう少し長く母親といられなかったのは、なんとも残念だと、ジェーンは思った。そうできていたら、女の人の楽しみやおふざけの感覚を、もっと吸収できたかもしれないのに。

ペットは時々くすぐってやる必要がある。パティ・スーは、そんなふうにくすぐるタイプの母親だったのではないだろうか。

「サム、あたしもう帰ります」ジェーンはキッチンに入って言った。「水道管が心配なの。風が強くなってきたから、ますます寒くなるわ」

「車でお送りしますよ」彼は食器洗い機の蓋を閉めながら言う。キッチンはしみ一つなかった。

「いいえ、たった三軒先だもの。外へ出るのもどうぞご無用に」

ぐあいのよいことに、トッドをコンピュータ・ゲームから引き離して防寒着に押し込むのに、軽い言い争いをしたため、別れの挨拶が長引くこともなかったし、いつかまた同じことをする件についても、せいぜいサムがそれとなく触れただけで、具体的な話には至らずにすんだ。トッドは一人で通りを駆けていき、ジェーンはそのあとから、転ばない程度に、なるべく急いでついていく。

ジェーンが勝手口から家に入ると、トッドが険しい顔で出迎えた。「ママちゃん、きっと聞きたくないことだと思うけど」

「まさか水道管じゃ！」

トッドはうなずいた。「お客さん用の浴室に入ったら、地下室で音がしてるのが聞こえたんだ。水があふれてる」

「完璧！　完璧ったらない！　日曜の夜に水道管が壊れるなんて！」

「さあ、どうぞどうぞ、ママ。言っちゃえ、ちくしょう《シット》って」

「ちくしょう!」

言ったって、どうなるものでもなかった。だがトッドは、甲高い声で笑った。

「ミセス・パージター、ブルースとお話ししたいんです」

しばらく間があり、ブルースが電話に出た。

「ブルース、ジェーン・ジェフリイよ。こんなことを訊くのはいやなんだけど——水道管の凍結を防ぐ方法なんかはあたし、ほんとによくわかってるの、わかってるんだけどね、ケイティは知らないもんだから蛇口を締めちゃって、でもってあたしにわからないのは、水をとめるのにひねるちっちゃいハンドルが、どこにあるかってことなの。地下室をずっとドタバタ歩き回ってるのに——」ジェーンは、自分でもヒステリックなキーキー声になるのがわかるが、どうすることもできない。

「ぼくが止水栓を捜しにいきましょう」ブルースは穏やかに言った。「ただし、水道管の修理は、今夜はできません」

「でも、うちには別に給水管があるわよね?」

「たぶんね。でも設備システムを見てみないと」

ジェーンはどすどすと歩き回り、別の懐中電灯を探した。手にしているほうは、すでに暗くなってきたし、地下室の電気を点けるのが怖いのだ。水と電気は相性が悪いというではないか。すぐに駆けつけてくれたブルースは、まだ事態を確認してもいないのに、たいしたことではないと自信たっぷりのようだった。

「なぜこの下は暗いんです?」地下室への階段の上で、ブルースが訊いた。ジェーンが電気についての自分の解釈を説明し始めると、なんとブルースは笑って地下室の電気をパチンと点け、階段をおりていった。そして五分とたたないうちに戻ってきた。

「あなたは運がいい。あの客用の風呂は、もともとの設計にあとから加えたもので、独立した止水栓がついてるんです。明日の朝また来て、修理しますよ」

「他の水道は全部使えるの? やれやれだ! ああブルース、ほんとに感謝するわ」

ブルースは、彼女の礼をあっさり受け流した。「今日、ミセス・ニュートンのキッチンが完成したし、こんな緊急事態をのぞけば、クリスマスにまたがる工事をしてもらいたがる人はいませんよ。喜んでやらせてもらいます。じゃあ、また明日」

ジェーンは安堵のあまり力が抜け、居間に置いてあるお気に入りのふかふか椅子に安らぎを求め、ヘナヘナと腰をおろした。今以上に、どれほどひどいことになりえたかは、考えるだにおそろしい。家に子供たちがいて、クリスマスの行事が始まるこの土壇場に、水が出なくなるなんて! ひえっ!

日曜日の夜だから、ジェーンものんべんだらりと過ごしていいはずだった。今夜の『名画劇場』では何を放映するんだったっけ？　それをおぼえてないなんて、この数日がいかに忙しかったかがわかろうというものだ。何かすごくほっとできるものならいいのに。ジェーン・オースティン原作の映画とか。ジェーンは腕時計に眼をやって驚いた。まだ六時半だ。もう一度腰を上げるのすら大儀で、あたりを見回し、テレビのリモコンを捜した。コーヒー・テーブルにはない。坐っている椅子の端にもない。ジェーンは前へ身を乗り出して、椅子の下に手をやり前の部分をさぐってみる。以前になくなった時は、ふかふかのクッションの下にあったのを思い出した。あっ、やっぱりここにあった。

いや、違う。ジェーンがひっぱり出したその硬いプラスチックのものは、コンピュータのディスクだった。

行方不明のディスク？　あたしのじゃない。あたしは派手な色のしか買わないから。これは黒だ。ラベルも貼られてない。

ジェーンはよいしょと椅子から立ち上がり、伝言を残しておこうとメルの番号に電話した。驚いたことに、彼が出た。「お母様とディナーに出かけたんじゃないの？」一瞬電話をかけた目的を忘れていた。

「勘弁してくれと断って、とても面倒なことになってる。だけど俺、冷えきってて、すぐに熱い風呂に入らなかったら死んでた。で、どうした？」

ジェーンは発見したものの報告をした。

「それは俺たちが捜しているやつか？」彼は訊いた。

「そうだと思う。あたしのじゃない。それにゲームのディスクでもないの。ラベルはないわ」

「すぐにそっちへ行く」メルは、いかにもつらそうにため息をついた。

ジェーンは電話を切り、そのままちょっと考え、コンピュータを起動させに地下へおりていった。

21

メルが気を取り直して、ディスクの受け取りに到着する前に、ジェーンの家の呼び鈴が鳴った。ジンジャーだった。上から下までしっかり着込み、元気いっぱいに見える。

「インタビューに来たの」ジンジャーは言った。

ジェーンは招き入れなかった。「ジンジャー、インタビューは受けないわ。以上。言ったでしょう」

「でも、確かわたしは――」

「いいえ、あなたに最初に頼まれた時に、あたしははっきり言った。あなたが勘違いするはずない。それに、ほんとに悪いんだけど、中に入れてあげられないの。忙しいのよ」

ジンジャーは驚いた顔をしたが、むっとはしていない。「まあ、何もかもうまくゆくわけじゃないもんね。警察はディスクを見つけたの?」

「いいえ、彼らは見つけてない」ジェーンは正直に言った。ジンジャーの質問が「ディスクは見つかった?」という言いかたでなかったことに、ほっとしていた。

「わかった」ジンジャーはややあっさりと同意した。「別の角度から取材する」

ジェーンは彼女を閉め出し、ドアの小窓からジンジャーが車に向かうのを見守った。ちょうどその時、メルが車路《くるまみち》に乗り込んできて、ジンジャーは進路を変えた。彼女がメルに質問を投げかけているのは明らかで、メルがノー・コメントの仕草をしている。彼女はこの拒絶もやはり陽気に受け入れた。

ジェーンがディスクを手に玄関口で待っていると、メルがやってきた。

「これが例のディスクだというのは確かか？」彼は訊いた。

「いいえ、あたしのじゃないことだけは確か。それに、彼がここにいた夜に、飛び乗った椅子にあったの」

メルはディスクをポケットに入れ、哀れなほど凍え、疲れた様子で、とぼとぼと車へ引き返した。

ジェーンは電話へダッシュした。「シェリイ！　あたし、ディスクを見つけた。居間のお気に入りの椅子にあったの。クッションの下に」

「メルに電話した？」

「たった今、持って帰ったとこ」

「あら」シェリイはがっかりして言った。「あんたが渡す前に、ちらっと見られるかと思ったのにさ」

「見られるよ。コピーを作っといた」

「ジェーン！　あんたって冴えてる！」

数秒後に到着したシェリイは、いつになく身なりに乱れがあった。「それ、コンピュータに入れちゃえ。何があるか見てみようよ」

二人は地下室へ向かった。

「洗濯室のドアのあたりにあふれてる水、あれどうしたの？」シェリイが訊いた。

「水道管が破裂した」ジェーンは言った。三十分前は危機的状況だったのに、今はその質問に答えるほどの関心もない。

ジェーンはいくつかキーを叩いて、ディスクのファイル名のリストを出した。「へえ、よかった、彼はデータをあたしのと同じワープロ・ソフトで保存してたんだ。おかげでやりやすい」またいくつかキーを叩くと、満足げに椅子にそっくり返り、コンピュータがカチッ、ジージーと音を立てている間待っている。すると、初めて眼にする画面が現れた。

パスワード：

「パスワード？」二人の声が揃った。

「けっ！」シェリイはご丁寧に言い添える。

ジェーンは「ランス」と打ち込んだ。

画面に出たのは、

　アクセスが拒否されました――無効なパスワードです。

「『キング』でやってみて」シェリイが言った。

はずれだった。「ランスキング」もテレビ局のコールサインもだめ。

「これは絶望的だ」シェリイが言った。「単語ってのは百万語もあるんだし、ちゃんとした言葉じゃなくて、彼が使う可能性があったものなんてもっともっとあるよ」

「ううん、人はたいていおぼえやすいものを使って、自分自身のパソコンからはじかれないようにするものなの。彼、電話帳に載ってるのかな?」

シェリイは棚にある電話帳を摑んだ。「へえ驚きだ。うん、載ってる。同じ名前の別人かもしれないけど」シェリイは住所の通りの名をジェーンに教えたが、はずれ。電話番号もやはりうまくいかなかった。

「あたしはコーヒーを淹《い》れるから、その間に二階からメモ用紙と鉛筆を取ってきて」ジェーンは言った。「入力候補を、リスト・アップしよう」

二人は結局、単語の並んだ長いリストを作っていた。つまり、記者、テレビ、ウィルハイト、取材、ファイル、ばか（「違うな、あたしたちは彼をそう思ってるけど、たぶん彼は思ってないもんね」とはシェリイの弁）をはじめとする数十個の単語だ。二人はたらふくコーヒーを飲んでから、地下室へ戻って全部の言葉を試してみた。全てはずれた。

「ようし」ジェーンは姿を呼び起こそうというのか、眼を閉じた。「あたしたちは自分のことをランス・キングだと思わなくちゃ――」

「うえっ」

「彼は自分の好きな言葉を使う」ジェーンは眼を開け、言葉を入力する。「スキャンダル」

通らなかった。シェリイが言う。「違う、彼が考えるように本気で考えなくちゃ。彼は自分の仕事をスキャンダルの言いふらしとは見なしてなかった。自分を一般の人たちの守護者《ガーディアン》だと見てたのよ」

ジェーンは「ガーディアン」と入力した。

コンピュータ画面が変わった。


パスワードが認証されました。続行します。


二人は喜びの悲鳴をあげた。

ジェーンはファイルの一覧を吟味した。ファイルには番号が振られている。彼女は００１を選択した。表示されると二人してうなった。

テキストがコードになっていたからだ。コンピュータの言語《コード》ではなく、一般の暗号《コード》に。

ファイル001にはこうあった。

Kamoieppi Pixvup—xet tvsqis op dummihi. Qsutvovavi vuu?
Djdl vuxp sidusft gus vjuti ziest.

「さてどうする、シャーロック?」シェリイが訊いた。

「わかんない。これって、単純な文字の置き換えだと思う?」

「たぶんね。文字を全部ぶちまけ、アルファベット順に並べて、それぞれの文字がいくつあるか数えたら、どれがEに当たるのかがわかるはず(短編「踊る人形」で、シャーロック・ホームズは英語で一番よく使われる文字はEだと言っている)。一番よく知られてる話」

「すごーく役立った。一文字はわかるわけだ」ジェーンは言った。「これ、外国語かも。だってそう見えない? ランスがどこかの言葉に通じているかどうか、メルに電話しようか」

「そしたら、なぜそんなことを訊くのかって、メルがちらっと疑問を持つんじゃないかとは思わないの? 確かあんた、ディスクをコピーしたことを彼に言ってないはずよ」

「そうだったよね。父さん! あたしの父なら外国語に通じてる!」

「お父さんに電子メールは送れるの?」

「うん、送っとく。まずこれを印刷させて。両親はオランダにいるの。あっちは今、何時なのか、朝だか夜だかもわからない」

「たぶん午前二時くらいよ」シェリイが言った。

「ファイルを全部印刷したら、メールを送る。あのね、あたしこういう文字の置き換えを、時時パズル雑誌でやってんの。これがそういうものだったら、解くのはそんなに難しくないはずなんだ」

シェリイは疑わしげだ。「でもジェーン、そういうのは手がかりをくれるじゃん。リストにある全ての単語は、カーニバルに関係があるとかなんとか。それに答えが文なら、theやらforやらがいっぱいついてるちゃんとした文だよ。こっちはあの男の個人的なメモ。たぶん、文の断片だけ」

「だめでもともと」

ジェーンが小容量のファイルをそれぞれ二枚ずつ印刷し、ひと揃いを自分に、もうひと揃いをシェリイのぶんにして、父親に電子メールを送ったあと、二人は、寒くてどうにもジメジメした臭いのする地下室を出た。

「あたし、うちの家族に家出したと思われちゃう」シェリイは言った。「あんまり急いでたから、ここに来ることを言ったかどうかさえ思い出せない。これは家で考えて、何かわかったら、あんたに電話する」

ジェーンは一時間近くも印刷した紙をいじくり回したが、何もわからなかった。どんなに忙しい一日だったかを考えれば、頭が死んでる気がするのも、むりはない。今日はまだ日曜日、教会での礼拝で始まった日だ。それなのに、その朝が何日も何日も前のことに思える。ジェーンは暗号メッセージの紙を安全な場所へしまってから、他のことで忙しくしている間も、メッセージについて潜在意識を働かせていた。彼女は別の紙を用意し、忘れてはならないことのリストをまた書き始めた。

あさってはクリスマス・イブ。贈り物は全部買ったが、ラッピングがうんと残っている。メモ——ラッピング用リボンとテープをもっと買う。

クリスマス・イブの日は、普通ごみの回収日でもあった。普段は半ドンのその日にも、町は巨大な車輪のモンスタートラックを走らせるのだろうか？　そう願いたいものだ。パーティを開いたせいでたくさんごみが出たから、今週のうちに捨てておかないと、来週にはコンテナ一つぶんのごみができあがる。メモ——生ごみと資源ごみを出す。

おかげでジェーンは、サム・ドワイヤーとあのリサイクル熱を思い出した。彼女のもとには、プラスチックでコーティングした紙皿がたくさんある。たった今大きな袋に入れたところだ。だがそれらをリサイクルに回すとしたら、入れるのはプラスチック用の箱、それとも紙用の箱？

あたしの頭、いかれてる。間違いない。ジェーンは、中国料理の店で自分がひねり出した占い《フォーチユン》を思い出した。〈老いてよぼよぼになり、パンティを頭にかぶりたがるようになった時、娘がかいがいしく面倒を見てくれるでしょう〉。このぶんだと、来週にもそういうことになるかもしれない。

ジェーンは起きて待っていた。見るともなくテレビを見つつ、うたたねしつつ、ノートパソコンで何度かソリティアのゲームをやりつつ（そして負けつつ）、ケイティとマイクの帰りを待った。二人とも戻ると、二階へ上がってゆっくりと風呂に浸かった。出てきた時、まだ十時だったのを知って、驚いた。真夜中頃のように思っていたから。今日は永遠に続くのだろうか？

風呂に浸かっていた間に、ジェーンは明日やるべきことを他にも思いついたので、一階に置いてあるリストのメモ用紙を取ってきた。メモ――マーティに電話。彼女の姉マーティは今年はトゥーペロで暮らしている。地元から転居しないと固く心に決め、世界中を動き回ることなど、その必要がなくなってからはもってのほかだと思ってきたジェーンと違って、マーティとその夫は、動き回らずにはいられないのだ。「あたしがクローゼットや抽斗の中身をきれいに片づけるには、その方法しかないのよ」と、マーティは言っていた。

マーティの住所と電話番号を、ジェーンが住所録にインクで書かなくなって何年にもなる。ただの鉛筆書きだ。だがマーティの行き先がどこであれシカゴということだけは絶対にない。少なくともこの五年、二人はお互いのことに眼を向け合っていなかった。マーティと変わり者の夫は、毎年クリスマスになると、誰かしら押しかけ先を見つけているようだ。だから、幸せを祈っていると伝えるにも、ジェーンは休暇の前日に電話しなくてはならないのだった。

メモ――ジムおじさんに電話。彼はジェーンの両親の旧友で、軍を退役し、今はシカゴ市警の屈強な年配警官である。血のつながりはないが、ジェーンにとって大事な人で、クリスマスなどの祝日や、他にも彼をつかまえる機会さえあれば、いつも家へ呼んでいた。クリスマス・ディナーに何時に来てもらえばいいかをおじさんが知っているか、確認しておかなくてはならない。彼への贈り物は包んだっけ？　ジェーンは一階へ駆けおりて、確かめた。あれだ、大きな赤いフォイルの包み。中は上質の革のブリーフケース。それを見たおじさんは、轟くような声で言うだろう。おまえさん、どんなに金のむだ遣いをしてるか、気をつけるようにしたほうがいいぞ、なんて。それから、こんなもの街のチンピラに盗まれなくたって、署内のチンピラに盗まれるに決まってる、と言い張るだろう。そうは言いつつ、大切にしてくれるのだ。

まだ十時二十分。めまぐるしかった一日の緊張から、ジェーンはやはり眠れそうになかった。だがベッドに入って、いつでも眠れる状態にしていたら、そのうち眠気が忍びよるかもしれない。どうしても彼女のベッドで眠りたがる猫たちを呼ぶと、暗号メッセージの紙を拾い集め、テレビと地下の電気のスイッチを切ってから、マックスとミャーオに蹴つまずき、鉛筆を落としながら、ゆっくり階段を上がった。

マイクが何やら異様な音を、ステレオでガンガン鳴らしていた。ジェーンは彼のドアを叩いてから開け、音を小さくするよう言った。「ウィラードをどかさなきゃならないんだ」とマイクは言った。大型犬が、部屋のまんなかの床で熟睡しており、音楽と同じくらいうるさい鼾《いびき》をかいていた。

「寝る前にもう一度、必ず彼を外へ出しなさいよ。朝から拭き掃除したいなら別だけど」

ケイティは当然のことながら、電話中だった。彼女専用の電話機をつけてやったことは、ジェーンがこれまでになした最も賢明な選択の一つに入る。ケイティは〝待ってて、待ってて〟の仕草をしてから、電話を終えた。「ママ、ちょっと考えてたんだけど、どうせあの浴室の水道管を直す羽目になったんならさ、リフォームしちゃったら？　あそこ古くさい感じだし。クリスマスのあと、まだあたしの学校が休みのうちに、壁紙とか流しとかそういうの、街へ見にいってもいいじゃん」

「とてもいい考えね。明日またブルース・パージターが来たら、提案してみる」

トッドは、ジェーンが部屋を覗くと、すでに眠っていた。マイクの音楽がかかってる中で、どうやったら眠れるんだか！

ジェーンが自分の寝室に入ると、猫たちは一直線にベッドへ向かった。ジョンソン夫婦がクリスマスの照明も音楽もとめていたので、彼女はまたカーテンを開けたままにできるはずだった。暗い部屋で目覚めたこの数日間は、なんだか落ち着かなかったのだ。

ジェーンはカーテンを引き開け、ぐちゃぐちゃの裏庭に眼をやった。警察はなるほど熊手を使って雪をかき回していた。外の闇に眼が慣れてくると、隣の家との間のひとところに気がついた。芝生まで雪が掻き払われたのに違いない。そこに黒い部分があるからだ。

ジェーンは眼を凝らした。黒い部分はまるで人のように見える。

いや、その部分はまさしく人の形をしていた。

彼女はもう一度電話へ手を伸ばし、メルの番号をダイアルした。

22

ジェーンは九時に目覚めたとたん、パニックに陥った。ブルース・パージターが、壊れた水道管の作業にやってくる。もっと問題なのは、必ず立ち寄るはずのメルから、昨夜の出来事について話せるかぎりの事柄を、なんとしても聞きだしたいということだ。

午前四時頃まで眠れずにいたため、彼女は疲れきってよろよろとベッドをおり、寝室でも浴室でも、とにかく窓の外に眼をやるのを避けた。下で声がしているのが聞こえる。急いでシャワーを浴び、着替えをして、最低限の化粧だけをした。感受性の強い子供を、眼の下の隈なんかで怖がらせたりしない程度に。そんな子が、このあたりにいるというわけではないが。

「ママ、シャワーを浴びてる間に、メルから電話があった」一階へおりると、マイクが言った。「彼女はたぶん大丈夫そうだって。あと数分でここに寄るってさ」

ジェーンはうなずき、コーヒーメーカーへ向かった。ありがたい！　あたしのために、マイクが作動させてくれたんだ。彼女はカップにコーヒーを注ぎ、クリームと砂糖をたんまり入れると、なるたけ一気にぐびぐび飲んだ。ああ……カフェインよ！

「あの音は何？」やっと完全に目覚めてきた彼女は、マイクに訊いた。

「ブルース・パージターだよ。地下で修理をしてる」

ジェーンがケイティに眼をやると、彼女はシリアルの山からレーズンを掘りおこしていた。

「ねえ、箱入りのレーズンも買えるのよ。レーズンばっかりのやつ」

「でも、そういうのは甘くないし、しっとりもしてないもん」ケイティが言った。「ゆうべは何があったの？」

「誰かがあの記者を殺そうとしたのさ」マイクが言った。「赤毛の女の人、ジンジャーだよ」

「なんで？」ケイティが訊いた。

マイクが肩をすくめる。ジェーンは言った。「わからないわ」

「メルなら知ってるんじゃない」マイクが言った。「ほら、来た」

ケイティは寝間着のままだし、毛羽立ったスリッパを履いていたので、着替えをしにいった。

「あんたもよ、トッド」ジェーンは居間に向かって呼ばわった。一番下の子は、そこでテレビのチャンネルをひっきりなしに替えている。「パジャマのまんまで、だらだらしてちゃだめ」

メルもジェーンと同じくらい疲れて見えた。つい考える。男の人って、化粧品を使ってちょっとくらい身ぎれいにできたらなんて、たまに思ったりしないんだろうか？「ジンジャーのぐあいはいいの？」彼のためにパンをさっとトースターに入れながら訊く。

「よくはないよ。だけど、なんとか乗り越えるだろう」メルは言った。「凍傷を負って、脳震《のうしん》盪《とう》を起こしてたし、手首の骨が折れてた。一時間ほど前に、意識を取り戻したばかりだ」

「彼女と話はできたの?」

「ああ、だけど、何を言ってるんだかよくわからない。自分がなんで病院にいるかもわかってない状態でね。最後におぼえているのは、きみんとこの車路《くるまみち》で俺に話しかけたことらしい。医者の話だと、そのうちもっと記憶は戻るだろうけど、自分に何があったかは思い出せないままかもしれないそうだ」

「じゃ、誰に襲われたかは、わからないのね?」

「わからん。ただ、そうひどく殴られたわけじゃない。しかし殴られた拍子に、体が飛ばされて家の側面のガス・メーターに頭をぶつけ、倒れまいとした時に手首をひねったようだ。少なくとも、救急救命室のスタッフはそう推測している。彼らは、彼女の体温のほうをもっと心配してたよ。あの寒さの中で、数時間も倒れていたはずだからね。帽子と手袋と厚いコートを身につけてなかったら、低体温症で死んでただろう」

「とすると、その何者かに彼女を殺すつもりはなかったと思う?」

「最初の考えはどうあれ、彼女は置き去りにされ、死ぬところだった。俺から見れば、結果的には同じことさ。きみが窓から覗かなかったら、彼女は死んでたんだ」

「これって、あなたの言うあたしの〝穿鑿《せんさく》〟を褒めてるってこと?」

メルは微笑んだ。「みたいだな。そのおかげで、ジンジャーの命が助かったんだから」

彼の気持ちが緩んでやさしくなっている間に、ジェーンとしては訊いておくべきことがあった。「あたしが見つけたディスクはどうなってる？　あなたの署の人はあれをもう読んだ？」

「いや。あの中にいくつかファイルがあるんだが、パスワードで保護されてる。いずれＦＢＩの応援を頼まなくてはならないだろうな。ＦＢＩにはものすごいコンピュータがあって、文字と数字からなる数千、数万通りの組み合わせを解析し、正しいパスワードを見つけるんだ」

ジェーンはカップにもう半分コーヒーを注ぎ足し、しばらくひそかに葛藤した。そして口を開いた。『ガーディアン』」

「なんだ？」

「『ガーディアン』がパスワードなの」

「なんでまたそんなことを知ってるんだ？」メルは訊いた。それから片手を上げた。「いや、待て。きっと俺に渡す前に、あのディスクのコピーを取ったんだ。そうだろ？　それくらい俺も気づくべきだった！　ジェーン、あれは証拠品だぞ。きみがちょっかいを出して許されるものじゃない！」

「あたしの家にあった時は、ただの内容不明のディスクで、証拠品じゃなかったわ。見慣れない……もの、というだけで」

「きみはこの件に関する法律を知ってるか？　まあいい。どうやってパスワードを突きとめたんだ？」

「シェリイと、論理的に考えて見つけたの。それがあたしたちの秘策」

人というものが感謝といらだちを同時に顔に出せるものだとは、思いもしなかったジェーンだが、メルはそれをやってのけた。彼はキッチンに置いてある電話へ歩いていき、自分のオフィスにかけた。「ハリーか？　あのディスクだけど、パスワードに『ガーディアン』を入れてみてくれ。ただの勘だ」ジェーンにウィンクする。「わかった。待とう。外国語だって？　どこの国の？　どこのかわかる者を当たれ。わかった、また電話する」

彼は電話を切り、ジェーンを見つめた。「なんで、このことを言わなかったんだ？」

「あなたが話す機会をくれなかったからよ。でも、その一部をあたしの父に送っといたの。父ならわかると思う。ちょっと待ってて。ファイルを印刷したのを見せるから」

「ファイルを印刷したって」メルはうなった。「きみは警察署の個人分署でも作るつもりか？」

「いいかもしれない、もしそれ用のスペースがあれば」ジェーンは肩越しに言いながら、居間へ入って、印刷した紙を持ってきた。

メルはその紙をじっくり見た。「俺には東ヨーロッパの言葉に見える。といっても、外国語はせいぜい料理を注文する程度のスペイン語と、卑猥なフランス語の言い回しをいくつかくらいしか知らないが」

「うわっ、あなたのトーストが冷めちゃった。忘れてた」ジェーンが、またパンを二枚トースターに入れるそばで、メルは渡された紙になおも見入っていた。

「ゆうベジンジャーが話しかけてきた時に、彼女が言ったことで、他におぼえてることはないか?」メルが訊いた。

「あの時全部話した通りよ。あたしにインタビューをしたがったから、ノーと断った。警察はディスクを見つけたのかと訊いたから、これにもノーと言った。誰かに喋っていいことだとは思わなかったし、あれが例のディスクであるという確信もなかったから。今はそのことを悔やんでる」

「どうして? きみは全く正しいことをしたんだ」

「でも、たぶん彼女はジョンソン家の庭へ行って、ディスクを捜してる時に襲われたのよ。ディスクがもう見つかってると知ってたら、彼女には何も起こらなかった」

「それはわからないさ、ジェーン。誰かが彼女のあとをつけ、見張っていたのかもしれないし、そうだったら、いずれどこかで彼女を追いつめたはずだ」

「ジョンソン家の庭に、何か物証は残ってたの? 血のついた手袋とか、そういうものは?」

メルが顔をしかめた。「一つ、おかしなものがあった。俺たちは、足跡だと思ってる」

「思ってる?」

「判断しにくいんだ。昨日熊手で雪を掻き払っていた時、俺たちは隅から隅まで雪の上を歩いたはずだ。庭じゅう足跡だらけさ。ところがジンジャーが横たわっていたそばに、ひと組の奇妙な足跡があるんだ」

「奇妙って、どんなふうに? 大きいの、小さいの? 内股の足跡なの?」

「大きい。それにたいていの靴よりも角ばってる」

「外国のもの？　少数民族の特殊なブーツとか？　伝統的な日本の靴も四角いんじゃなかった？　靴底の模様は？」

「あまりなかった。とても軽くて乾いた雪だから、一、二歩進んだところで靴底の凹凸に固まりついてしまうせいさ。部下の一人は、その足跡の一つに、ダイアモンド形が並んでいるのが見える気がすると言ってた。やつの希望的観測だと俺は思う」

「でも、その変な靴跡は彼女を襲った人間のものだと思ってる？」

「可能性はある。あるいはもっと早い時間に、そのあたりをうろついてた者がいただけかもしれない」

ブルース・パージターが地下から上がってきた。さまざまな道具が突き出ている、ずいぶん使い込まれた大きな道具箱を手にしていた。「全部終わりましたよ、ミセス・ジェフリイ。客用の浴室の水を出してみてください。しばらく流しっぱなしにするんです」

メルは配管工事の話からははずれ、家をあとにした。彼がランスのディスクを印刷した紙を持っていったのに、ジェーンは気づいた。かまわない、また印刷すればいいんだもの。メルはディスクのコピーまで提出させることは、考えなかったわけだ。

「ブルース、請求書はすぐにちょうだいね。それからどうぞ坐って、あの浴室の改装の話をしましょう」ジェーンは、完全に家庭モードに戻っていた。

浴室の改装について、ブルースが提案したプランは、ジェーン本人にはなんの考えもなかったこともあって、全てよいものに思えた。そのあとブルースは帰った。彼を引き留めて、殺人事件とジンジャーが襲われた事件について話をすることも考えたが、そうすべきではないという妙な感じがした。まるで、物事を発見する自分の幸運には割り当てがあって、それをごり押しすると、なんらかのトラブルに巻き込まれそうな、そんな感じがしたのだ。これ以上は知りたくない――警察に解決してもらって、クリスマスのお祝いのことだけを考えさせてほしい。

ジェーンは、父親からメールの返信が来てないかとコンピュータを確認したが、来ていたのは魅力的ないい女とやらのスパム広告だけで、このメールを受け取った者がある郵便私書箱宛に二十九・九五ドルを送れば、インポテンスの治しかたの完全ガイドが届く、とあった。

ジェーンは削除キーを押した。こんなごみに、以前は怒りのメールを返信したものだが、不毛なことだった。

ジェーンは最後の贈り物をラッピングすると、また食料品のリストを作って商店街を襲撃した。家に帰ってくる頃には、立ったまま眠ってしまいそうだった。もう一度電子メールを確認し、一通も来てないのを見ると、何をおいてもたっぷり昼寝をすべきだと判断した。ソファでの数分間のうたたねではなく、電話機をはずしてベッドに入る本格的な昼寝だ。キッチンのカウンターにサンドイッチの材料を用意しておき、どんな理由があろうと少なくとも二時間は起こしてはならないと、子供たちに命じた。

この常ならぬ要求が子供たちを脅《おび》えさせたに違いないことを、三時間後にジェーンは知った。彼女が眠っていた間に、子供たちは家の中を、なんとめいめいの部屋まで掃除していた。ケイティは何冊か料理本に当たって、チキンスープを作ろうとしていた。マイクは車路の端から端まで雪かきをして、さらに明日の朝の回収に備え、ごみとリサイクルの箱を外へ出していた。トッドはウィラードを洗って乾かし、ブラッシングした。ウィラードは今やすっかりうちしおれ、大きな黄色い回転草（根から折れて、風に吹かれると地面を転がる雑草）といったふぜいだ。

「なんてことなの！」ジェーンは叫んだ。「あたしがお昼寝したからって、こんなに？」

「あたしたち、ママは病気なんだって思ったから、何もかも気持ちよくさせてあげたかったの」ケイティが言った。

「三人とも、なんてやさしいの。でもね、ママは疲れただけなのよ。今はすごく気分がいい」

本当に気分がよかった。ちょっと寝ただけなのに、驚きだ。

「チキンスープを飲みたくない？」ケイティが訊いた。

「夕食に、みんなで飲みましょう」

これで落ち着くところに落ち着いて、子供たちはジェーンが病気でないことに安心し、彼女は再度、電子メールを確認した。今回は父親からメッセージが入っていて、ジェフリイ家からのクリスマスの荷物が無事に届いたこと、そして、彼女が送った特殊なメッセージは外国語でないことが記されていた。父親はこう書いていた。〈各子音をその一つ前の子音に変えること。母音についても同様。ジュリアン・ニュートンとは誰だね？　それに、彼女が大学時代にストリッパーだったことや、売春婦だったかもしれないことを、誰が気にしているんだね？　まさかおまえ、また殺人事件に関わってるんじゃないだろうな？　お母さんが心配しているぞ。愛を込めて、父さんより〉

23

暗号の知識もたいして役に立たなかったわけだ。ジェーンはメルに電話をかけて、父親からの情報を伝え、それからシェリイの家へ行った。

「父さんが暗号を解いたの。印刷したあの紙はどこ?」

シェリイは、半分までピンクの生地が入った二つのケーキ型をオーブンに突っ込むと、走って書類を取りにいった。二人は結局、文字を間違えないようにアルファベットを書き並べることになったが、ファイルはあっという間に解読できた。

ジェーンはそのできあがりをざっと読んだ。「これって、苦労したわりに、たいした収穫じゃないと思わない?」

「あたしも、やっぱりもっと興味をそそるものを期待してた」シェリイが同意した。

メモのほとんどは、ひどく大雑把なものだった。通りの先にいる株式ブローカーについて、ランスはその男の会社名と、インサイダー取引をしたかもしれないという見解を書いているだけだ。ジェーンの項にはこうあった。〈ジェフリイ薬局? そこで働いている? 手違いについて客に質問すること〉。シェリイの項はこうだ。〈ポール・ノワック。ポーランド系、だがギ

リシア料理。不定期調査をする衛生監視員に問い合わせること〉

「こんなの、どうってことなさそうだけど」ジェーンは言った。

「あたしジュリーに電話して、ストリッパーをやってたのかって訊いてみる」とシェリイが言った。「彼女のは、具体的に書いてあるほうだし、はたしていくらかでも真実があるのか、興味あるから」

「そんなこと本当にしたい？　もし書かれてる通りだったら、彼女は恥ずかしいと思うよ。ご主人は銀行で働いてるしさ。銀行員って、ほら、すごく堅苦しいじゃん」

「二十年前なら、そういうことは問題になったかもしれないよ。だけど、政治家とか公人でない限り、もう誰もそんなこと深刻に取らないって」

ジュリーが気を悪くした様子はなかった。「ストリッパーじゃなかったわ、ゴーゴー・ダンサーだったの。たくさんじゃないけど、服も一応は着てたわよ。なんだってそんなことを訊くの？」

シェリイは答えを用意してなかったので、「また今度、説明する」とだけ言った。そしてジュリーがした話を、ジェーンに繰り返した。「もし質問されて動揺してたとしても、ぜんぜんそんな様子はなかった」と言い添えて。

二人はもう一度リストを見てみた。〈ブルース・パージター——ケンタッキーのパージターと同一人物。住宅の改修工事人のおすすめという名目で訊き回った。苦情はなし〉

「気の毒な我らがランス、どこでも空振りだ」ジェーンは言った。

サム・ドワイヤーのファイルはこれだけ。〈フロリダ。子供〉

シャロン・ウィルハイトのファイルはなかった。おそらく彼女について知っていることは、全て頭の中にあったから、メモなどいらなかったのだろう。

あとは、彼の殺しには全く関係なさそうな人たちのメモばかり。ずっと前にこのあたりから引っ越している人もいた。何人かは、犯行時刻にこの町にいなかったことが確実に証明されている。

「ほんとにがっかり」ジェーンは言った。「彼は実際には、誰のこともたいして知っちゃいなかったのよね。全部はったりと憶測だったんだ」

シェリイが首を振った。「そうかもしれないよ。だけど、こういうメモのいくつかは、知っていることを思い出すキーワードとして書き留めただけかもしれない。それに、もっと詳しく書いたディスクが、まだどこかにあるかも」

ジェーンは腰を上げた。「あたし、帰る。こんなのもううんざりだし、あんないやなやつを誰がなんで殺したかなんて、どうでもいい気がしてきた。考えるのはもうやめて、クリスマスを楽しむことにする」

「あたしたちは、こんなこと脇へどけちゃえばいいんだもん、ラッキーよね」シェリイが言った。「かわいそうなメルは、そうはいかない」

「わかってる。だけどね、彼のために、あたしたちが全部の事件を解決してあげるわけにはいかないよ」

シェリイが笑った。「あんたがそんなことを言ってたって、メルに話しちゃおっと！」

「まさか、やめてってば！」

不退転の決意で、殺人事件のことを考えまいとするジェーンの試みは、ほぼ成功しつつあった。彼女は、ケイティのチキンスープに合うおいしい夕食を作った。ミステリを何章か読んだら、謎解きが簡単すぎると思ったのに、結局自分の推理ははなから間違っていたとわかった。新しいリンスを試してみたら、とても髪の感じはよくなったものの、お気に入りのタオルがさんざんなことになった。暗い場所でウィラードを撫でると、火花が散るのに子供たちが気づいたので、ウィラードにかけてやるスタティック・ガード（帯電防止剤）のスプレーを見つけた。ジムおじさんに電話してクリスマス・ディナーの件を話したあと、覚悟を決めてから姉に電話をかけた。運よくマーティがパーティに出かける用意をしているところだったため、長話にならなくてすんだのは、全く天の祝福に思えた。それでもやはりマーティは、頭にくる意見を三つと、どうしようもなく愚かな指摘を二つ聞かせてくれた。

ジェーンはもう寝ようと二階へ上がった時、明日は早めに起きなくてはならないとトッドに釘を刺した。

「なんで?」

「忘れたの? ペットがチケットを持ってるなんとかってクリスマス映画は、十時に始まるのよ」

トッドは悩んだ。その映画は観にいきたいが、ペットを引きずっていくのはいやだ。ジェーンは指摘してやった。それがなかなか手に入らないチケットで、トッドも自分のぶんを確保できていないではないか——でもペットは持っている——それから、彼女がトッドを引きずっていくほうなのだと。

ジェーンははやばやとベッドに入り、死んだように眠って、七時にはぱっちり眼を覚ましていた——何もすることがないのに。長いやるべきことリストの終わりにすら、保留中のものがなかった日なんて、ほとんど記憶にない。彼女は犬猫たちを外に出してやり、呼び戻してから餌を与えた。火曜日にはいつも朝早くにこの仕事をしなくてはならない。それはごみ回収のトラックがそのあとに来て、猫たちを震えあがらせ、ウィラードにとんまな頭が取れそうなほど吠えたてさせるからだ。ジェーンは、返却期限を過ぎている図書館の新刊ミステリを持って、ベッドに戻った。だが、なかなか本の世界に入れなかった。

今日の彼女は、ジュリー・ニュートンに匹敵するほどびくびくと落ち着きがない。たぶんこれぞジュリー・ニュートンの問題なのだ——眠りすぎ。ジェーンは、ゴーゴー・ダンサーをしているジュリーを想像しようとした。難しくはない。ゴーゴー・ダンスって、考えてみれば、ぴくぴく動くだけのものだから。

ジュリーはシェリイに真実を喋ったのだろうか？　たとえ本当にストリッパーをしていたことがあって、ランスに証拠を握られていたとしても、それが彼を殺すほどの理由になるだろうか？　深い闇の秘密と呼べるほどのことではない。

ファイルに入っていて、実際にランスをおそれる理由を持っているらしい唯一の人間は、ブルース・パージターだ。彼は、あの男を軽蔑していたことを堂々と認めてもいる。しかもランスが殺された夜は、はっきりしたアリバイがない。彼と母親は二人とも自宅にいたが、母親は二階に、彼は地下にいた。母親は、たとえブルースが出かけたのではないかと疑っていても、その疑いを洩らしたりはしないだろう。ブルースは息子なのだから。それに殺されたのは、夫の死に大いに責任のある男なのだ。

ジェーンは、脳みその奥で何かがひそかに動き回るのを感じていた。潜在意識が何かを知っているのに、引き留めようとしているのか？　あるいは、眠りすぎで神経過敏になっているだけなのか？

九時になると、ジェーンはトッドを起こし、メルに電話をかけた。「何か進展は？」

「何もない。ディスクのファイルが役立たずだったこと以外は。そんなこと、きみは知ってるだろうけど」

「あれって、拍子抜けよね」彼女は、シェリイがジュリー・ニュートンに電話して話した内容を伝えた。

「ああ、ジュリー本人がさっき電話してきた。今日の朝刊にディスクが発見された件が載ってたから、それとこれを考え合わせて推測したんだろう」

「新聞社はどうやって摑んだの？」

「俺たちが話したのさ。それに、そのディスクを捜査しても全くのむだだという、警察の考えも強調した。あのくだらんものを捜して、また誰かが殴りたおされちゃ困る。それから、ジンジャーは回復してるよ」と彼は言い添えた。「自分に何が起こったかはまだ思い出せないが、病状はずっとよくなった」

「それはよかった」

「なんだかうわの空って感じだな」

「そうなの。なんか頭に引っかかってるのよね。それがどうにも摑めなくて。ジンジャーが襲われた件に関することなんだけど」

「襲撃の方法か？　場所か？　時間のことか？」メルは、彼女が記憶をたぐる手助けをしようとする。

「違う。もういいよ。たぶん、どうでもいいことだろうし。お母様はどう？」

「元気、元気！」彼は鼻息荒く答える。「ちょっと退屈はしてるけどね、当然ながら。母が来ても、もう少し自由な時間が取れると思ってたんだけどな」

ジェーンは、母親をもてなせと自分が暗に言われているのでないことを祈った。だが、たとえ彼はそのつもりでも、期待するだけむだというものだ。「さて、そろそろ電話を切らなくちゃ。トッドとペットを映画の初日に連れてくの。あの子たちに適切な映画だといいんだけどな。そうじゃないと困るから、あんまりちゃんと調べないつもり」

「きっとサム・ドワイヤーがしっかりチェックしてるさ。彼は娘に対して過保護すぎるくらいだ」

「そうね。おかげでほっとした。またあとで電話して、ね?」

メルが声をひそめた。「今日の午後、こっそり二人で抜けられないかと思ってさ」

ジェーンは彼が何を考えているのかはわかったし、すてきだとも思ったが、それはできない相談だった。「今日の午後は、またもてなしモードに戻って、おいしいディナーを作らないとね。義理の家族がうちに来るの」

「禁欲主義って、あまり好きじゃないんだよな」

「あたしだって。でも、あたしの家にはそこらじゅうに子供たちがいるんだし、あなたのところにはお母様がいて、きっと町のホテルは遠くから訪ねてきた親類たちで満室よ。だから話はまたあとでね」

ジェーンは子供たちを映画に連れていった。雪のない車路《くるまみち》をバックで出られるのは、すてきだった。ただ、マイクがごみをもっと左に出しておいてくれてたら。これではあの忌まわしい穴ぼこを避ける余地がない。「ママッ！」窓にぶつけた頭をさすりながら、トッドが言った。

「あそこ直してもらってよ」

子供たちをおろして戻ってくると、キッチンにケイティがいて、冷蔵庫の中をごそごそやっていた。「何を探してるの？」ジェーンは訊いた。

「卵。スクランブル・エッグが食べたいの。ベーコンと」

「ママが作る」

「作ってくれるの？」

「エネルギーがあり余ってるから、使わないとね」ジェーンはテーブルの前に坐るよう、ケイティに身振りで示した。卵のパックを取り出し、それをカウンターに置く。おっと、こっちは全部入ってるほうだ。あと二つだけ卵の残っているパックが、もう一つあったはず。なぜか置き忘れていたクッキーだねのボウルの後ろに、そのパックが隠れていたのを見つけた。ジェーンはその卵パックを見つめ、立ちつくした。

「ママ？　どうしちゃったの？　ママ？　しっかりしなよ」

ジェーンはケイティに向いた。「卵のパック。卵のパックと、ミルクのパック」

「いったい何を――」

「今は喋らないで。考えさせてよ」ジェーンは言った。卵を置いて、一人でぶつぶつ言ってうなずく。「そう、そうよ。そうに違いない。これしかないもの――ケイティ、朝食を作ったげるって前言は撤回」

ジェーンは階段を駆けあがり、寝室のドアを後ろ手に閉め、シェリイに電話した。発見したことを、しどろもどろになりながらなんとか話す。「これでちゃんと筋は通ってるかな?」

「正しくないかもしれないけど、全部辻褄が合う。でも、今すぐメルに電話しなきゃ。ごみ収集車がもう来ちゃうよ」

「ああ! そうだよね」

ジェーンは、メルがデスクにいなかったらと、脅《おび》えながら電話した。今にも証拠が消えようとしているのだ。彼が電話を取ったのは、とにかく運がよかった。大急ぎで自分の推理を説明した。「おい、勘弁してくれよ、ジェーン!」彼は言った。「全部推測だろ」

「でもその一部なら、簡単に確認できるわ。それもすぐにやったほうがいい。ごみ収集車がもう来ちゃうの」ジェーンはシェリイの警告を反復した。

それじゃ、とも言わずにメルは電話を切った。ばかばかしくみえる考えだけど、彼はちゃんと真剣に受け取ってくれたんだ。

ジェーンが階段をおりていくと、シェリイはすでに玄関にいた。卵を料理しているケイティが、気がおかしくなったのか、とでも言いたげにジェーンを見ている。ジェーンはコートを引っかけ、ブーツに足を突っ込んで、シェリイと共に車路に出た。

両手をもみ合わせながら、ジェーンは言った。「行って、ごみを盗むべき?」

「だめ、そんなことしたら、何もかもめちゃくちゃ」

二人が話していると、一台の警察車両が角を曲がって、その区画の端にとまった。ジェーンの耳に、隣の通りをガチャン、ガチャン、ゴロゴロとトラックの走る音が聞こえてきた。メルのMGが同じ角を横滑りしながら曲がってきて、反対側の敷石の上に逆方向を向いてとまった。彼が車をおりて、もう一人の警察官と言葉を交わし、それから通りに眼をやると、ジェーンに向かって〝オーケー〟の仕草をした。

その直後に、ごみ収集トラックがやってきた。大きくて醜い形をした青いマシンは、黒煙を噴き出し、ガシャンガシャンとうるさい音を立てつつ、ゆっくりと近づいてくる。車の両脇につかまっていた、ごみ収集人二人が飛びおりて、リサイクル用箱へ歩いていく。メルが彼らに話しかけた。彼らは首を振った。メルがもう一度話す。一人が箱を持ち上げようとしたが、メルがその前に立ちふさがった。運転手がごみ収集車からおりた。分厚い両手を腰に当て、のしのしと歩いてくる。

ジェーンとシェリイはちゃんと声が聞こえる距離まで近づこうと、その通りを歩きだした。メルがバッジを取り出した。運転手は言い返すのをやめず、箱を持ち上げようとした。警察官が彼を制止しようとする。しばらくもみ合ったあと、運転手はトラックに戻り、卑猥な仕草をしてみせた。そしてトラックが動きだした。

メルがジェーンに呼びかけた。彼女とシェリイはその呼び出しに、走り出さん勢いだった。

「きみは子供たちを、もう映画に連れていったんだよな?」

「三十分前に」

「よし。俺も、サム・ドワイヤーを娘の前で逮捕するのは気がすすまないからな」

24

「かわいそうなおちびのペット」ジュリー・ニュートンが、ジェーンのキッチンの椅子で、片脚をぶらぶらさせながら言った。「このことを、あの子はどう受けとめてるの？」

ジェーンは食器洗い機に皿を詰め込んでいた。「しっかり受けとめてる。しっかりしすぎてるくらいよ。とても冷静なの。今、トッドと上の部屋で、ハムスターの檻用に新しい装置を作ってる。まるで何事もなかったみたいに。あたし、あの子のことがすごく心配」

ディナーは終わった。セルマは、身内のクリスマス・イブのディナーに、よその子が一人ふえたのは、その子の父親が病気だからだと納得して帰った。他の者はみな真相を知っていたが、セルマがもしサムのことを知ったら、毛穴という毛穴から同情をあふれさせ、かわいそうなペットの頭をおかしくしてしまうに違いないということで、意見は一致していた。気温は暖かくなってきてはいたが、靄《もや》が立ち込めているので、この通り沿いの家々のクリスマスの照明が、ぼうっとかすんで見える。

「いったいあなたってば、どうしてサム・ドワイヤーが犯人だとわかったの？　とても感じのいい男性に見えたのに。娘をあんなに大事にしてたわ」

「大事にしすぎよ」ジェーンは言った。「彼の結婚は破綻しかかっていて、浮わついたところのある遊び好きな妻を、彼は心よく思ってなかったの。だけど妻が彼と別れて、ペットを育てることを明らかにおそれていた。通常は母親が監護権を持つから。だからそんなことになる前に、ペットをさらって行方をくらまし、ペットには母親が死んだと教えたのよ」

「でもあなたって、なんでそんなことがわかったの？　そもそもどうやったら、そんなことを思いつくわけ？」

「彼女はね、超能力者なのよ」シェリイが居間からキッチンへ入ってきた。居間のテレビで、ヴァチカンのクリスマス・ミサを見ていたのだ。

「うそ、まさか」ジュリーは言い張る。

「卵のパックがきっかけだった」ジェーンは言った。「ジンジャーが倒れていたそばで見つかった足跡のことを、メルが説明してくれてたの。四角形で、模様がはっきりしないって。風変わりな靴かブーツに思えたわ。でもその時不思議に思ったの。正体を知られたくないのが確実な誰かが、簡単に特定できる履物をわざと履いたりするだろうかって。それで今朝のことよ、卵パックを二つ手に持っていた時、突然ひらめいた。その二つをテープで足に留めつけて、あとでごみ箱に捨ててしまえば、誰もそれを靴と関連づけたりはしないんじゃないかって。その通りのことを、サムはやったの。彼の足に留めつけておくために使ったガムテープが、そのままパックについてたわ」

「でも、どうしてサムに結びついたの？　卵のパックならみんな持ってるのに」ジュリーは粘った。

「それは、彼のところへディナーに行った時、リサイクル箱の中に卵パックを見たからよ。彼のことが頭をよぎったのだって、理由はそれだけ。だけど卵のパックで、ミルクのパックのことも思い出したのよね。ペットは、特別なミルクを飲まなきゃならないんだって言ってた。彼女の家でそのミルクを飲んでみたら、あたしたちが紙パックで買う普通のミルクとそっくりな味がしたのよ」

「実際、同じ味だったわけ」シェリイが言い添える。

「まだよくわからないんだけど」ジュリーが言った。

「違うのはミルクじゃなかった。パックのほうなの」ジェーンは説明した。

ジュリーはいっとき考え、それからはっと眼を見開いた。「ああいうパックには、行方不明の子供の手配写真が載ってる！」

「その通り。そしてサムは、ペットがミルク・パックに載ってる自分の名前や、成長を予測した顔写真を見るようなリスクを冒したりはしなかった」シェリイが言う。

「でもまだ、とんでもない考え違いかもしれなかった」ジェーンは言った。「全部頭の中で飛び跳ねてるだけのものだったから。だけど、それがもたらしたのは、メルが必要としていたものだった。彼はすぐさま、行方不明の子供たちを捜すフロリダの団体に連絡を取ったの。文字通り、ものの数秒で判明した。だってサムは名前を変えようとさえしてなかったの。ある日、妻が食料品店に行ってる間に、ペットを連れていなくなったのよ」

「彼がクッキー・パーティに招かれたがった時に、あたしたちは何かが変わったと、気づくべきだったのよね」シェリイが言った。

「そうね」ジェーンは言った。「それまでの彼は、ご近所と全く接触したがらなかった。あたしが聖歌の集いのパーティに誘っても、返事もしなかったし、ましてや姿を見せたりしなかったわ。ところが翌日になって、急にご近所の活動に参加したがるんだもん」

「そして、特にあんたと仲よくしたがった」シェリイが言った。

ジェーンはシェリイに顔をしかめてみせた。「そのどこが変なのよ?」

「あんたは昔からずっとこの区画にいたのに、ランス・キングがあんたの家に来た直後にお隣で殺されたとたん、サムは急にあんたに関心を持った。変なのはそこよ」

「で、あたしはそれを自分の魅力のなせるわざだと思った」

「サムは殺人を自白したの?」ジュリーが訊く。

ジェーンはうなずいた。「メルの話だと、彼は完全に打ちのめされてたって。何年もの間、ペットを失うのをずっとおそれてきたの。その思いに取りつかれてたのね。個人的なことを訊いてくる人がいれば、誰でも私立探偵じゃないかとおそれてた。そんな時ランス・キングが近所に来ると聞いて、不安になった。するとランスがニュースで、郊外生活の後ろ暗い恥部とやらのあんな報道をしたもんだから、彼はランスがペットのことを知ってるんじゃないかと震えあがった。まさしくパニック状態だったと思う。だからここへ来て、ランスが放送の合間に家の外へ出るか見張ってたのよ。そしてどちらにとっても不運なことに、ランスがその通りのことをしたってわけ」

「ランスはサムとペットのことを知ってたのかな?」シェリイが訊いた。

「それは永遠にわからないのかも」ジェーンは言った。「ただあたしはね、ランスは知ってたと思う。メルが言うには、ジョンソン家の屋根からは、ドワイヤー家が完璧に見えるそうよ。眺めを遮る木や柵は一つもなくて。それに彼が見張っていたのは、通りの向かい側の誰かのはず」

「じゃあ、あの女性記者の件は?」ジュリーが問いかけた。

「サムは偶然彼女に出くわしたみたいね。彼女がそこにいるとは思ってもみなくて、危うくぶつかりそうになった。で、あわてふためいて彼女を殴り、家へ逃げ帰った」

「それじゃあ彼は、彼女を襲った人物と特定されないために、卵パックを足にくっつけてたんじゃなかったのね」

「だと思う。たぶん彼がおそれていたのは、警察が戻ってきて奇妙な足跡を見つけ、何を捜していたのかと訊いてくることだけじゃないかな」

「彼がやったのはひどいことだと思う」ジュリーが言った。「でも、娘をすごく愛していたからこそ、あんなひどいことをしたのよ」

シェリイが言った。「でも実のところ、あれはペットのためにしたことじゃない。彼は自分のためにやったのよ。娘を母親から引き離し、自分のものにしておくために。それがペットにとって一番いいことだと思ってたんでしょうね。だけど、子供をさらって、その発覚を避けるために人を殺すなんて、間違ってる」

ジェーンはみんなのぶんのコーヒーを注いでから、通り側の窓から外が見える場所に坐った。

「ペットは十二歳よ。もうすぐ十三歳。もしペットが十六だったら何もしなかったって、サムはメルに言ったそうよ。十六なら、彼女を失う期間は終わってるから、たとえ彼のしたことを知られても、その時には、どちらの親と暮らすかを決める法的権利は、娘が持ってるとね」

「すると彼は、娘が自分を選ぶことに全く不安を感じてなかったの？」ジュリーが訊く。

「感じるはずがないでしょ？」シェリイが答えた。「ペットが知っていておぼえている親は、サムだけだったもの」

「それはどうなんだろ」ジェーンは言った。「ペットは母親のことを鮮明におぼえてる、というより、おぼえてると思い込んでるよ」

ジェーンはさっとライトが光ったのに気づき、窓の外を見た。一台の警察車両が車路《くるまみち》にとまっている。ジェーンは、そこにいてと、シェリイとジュリーに身振りで言った。それから玄関へ行き、ドアを開けて待った。

玄関口にやってきた女性は、アルバムの中の姿にとてもよく似ていた。もっと年上なのは当然だ。それに少しやせている。派手さは控えめだ。それからすごく、ものすごく緊張している。

「パティ・スー・ドワイヤーと申します」彼女は言った。

「わかっていますよ」ジェーンは微笑んで言う。「お会いできて本当に嬉しいです。二人きりでペットに会いたいでしょう。上のわたしの寝室へいらしてください。ペットをそこへよこします」

「もしあの子に嫌われたら?」パティ・スーは思わず口にしていた。フロリダでよく日焼けしているのに、ひどく青ざめて見える。

「嫌われたりしませんよ」ジェーンは安心させる。

パティ・スーを寝室に坐らせてから、ジェーンはドアを閉め、トッドの部屋へ行った。彼はあいかわらずハムスターの器具をいじっている。ペットはベッドのへりに坐っていた。膝の上できちんと両手を組み、反対側の壁をぼうっと見ていた。

「ペット?」ジェーンは声をかけた。

ペットがゆっくりと振り向いた。ゴーグルのような眼鏡の奥の眼が暗い。

「あなたに用意したものがあるのよ。あたしの部屋へついてきて」

ペットはおとなしくついてきた。ジェーンがドアを開けると、ペットが足を踏み入れた。パティ・スーは立ちすくみ、声を出した。「ああ、ペット。あたしのかわいいペット」

ペットはその場に凍りついた。じっと相手を見つめ、フクロウのように眼をぱちぱちさせている。それから「マミー！」とささやくと、両手をひろげて待っている母親の胸へだっと飛び込んだ。

クリスマスの日はきれいに晴れわたった夜明けとなり、太陽が融け残った雪を輝かせていた。一年のうちこの日だけは、子供たちも早起きをしたがる。だが、それには必ずルールがあって、九時までは一階におりてはならないことになっていた。だから一分前になると、彼らは出走ゲートの競走馬たちのように並んだ。ジェーンと子供たちは、心なごむ気楽な行事をこなした。トッドが贈り物を配り、みんなでそれを一つずつ、歳の若い順に開けていき、最後の一つまで開けた。

ジェーンは軽い朝食を作り、そのあと子供たちは新品の服を着てみたり、新品のものたちを吟味したりした。ジェーンは、ノートパソコンで遊べるようにマイクが贈ってくれたアドベンチャー・ゲームに没頭した。お昼にセルマがやってきたが、今回は息子のテッドとその妻のディクシーは一緒ではなかった。息子夫婦はディクシーの両親や兄弟たちと、クリスマスを過ごすのだ。その一時間後に、メルとアディが到着した。メルは楽しそうで、元気を取り戻したようだ。

「ペットはどうしてるかな？」メルが訊いた。

ジェーンは答えた。「パティ・スーがさっき電話をかけてきて、二人とも心配ないですって、言ってた」

「かわいそうな子ね」とアディが言う。メルが事件のことと、それがどう解決されたかを彼女に説明したのだろう。「父親が刑務所行きだなんて」

「でも、母親を取り戻しましたから。それで何がよくなるわけでもないですけど、あの子は母親の力を必要としています。あなたも、彼女が母親と一階におりてきた時の笑顔をご覧になりさえしたら――」ジェーンの眼にまた涙がたまり始めた。母と子の再会の場面を目撃してからというもの、何度かこうなってしまっている。おそらく今後も当分はこの調子だろう。「七面鳥のぐあいを見てこなくちゃ」と言うと、唐突に向きを変え、立ち去った。

少し間をおいてから、メルが追いかけてきて、客用浴室とガレージのドアへ続く小さなホールへ彼女を連れていった。そこで、「きみはやさしい人だ」と言ってキスをした。

ジェーンは言った。「そしてあなたは、あたしに辛抱してくれるやさしい人よ」

「ここで、きみにあげたい贈り物があるんだ。欲しいと思ってくれるかどうかは、わからないけど」

メルはポケットから小さな箱を取り出して、彼女に渡した。開けなくても、それがなんなのか彼女にはわかっていた。それでもとにかく開けた。ダイアモンドの指輪だった。

「まあ、メル――」

「今ここで答える必要はないよ。答えを決めるまで、持っていてくれればいい」

十を超える考えがジェーンの頭にひらめいた。くだらない考えの一つは、一人どころか、二人も義理の母を持つことになり、そのどちらからも好かれてないということ。その他には、どれだけ自分がこのやさしい男を愛しているかということ。

「メル、今年はあたし、すごくたくさんの贈り物をもらってる。子供たち、友達、この家、それにあなたよ」

「でも――？」

「でも、あなたにはこれを持っててもらって、来年のクリスマスにもう一度プレゼントしてもらえたらなって……その時もまだ、あなたがそうしたければ」

ジェーンは彼が腹を立てるのではないか――悪くすると、傷つくのではないかと心配した。ところがメルは微笑み、箱を受け取るために手を差し出した。「いいよ。それがきみの望みなら」

ジェーンは一歩後ずさり、険しい眼で彼を見た。「あなた、ほっとしてるのね！」

「いや、してないさ！」メルはやはり微笑んでいる。

「してる！　あたしにはわかるもん。どうか思い直してくださいって、ここはあたしに懇願するところよ」

「思い直してくれる？」

「いいえ」

「だったら、むだな努力はしないに限るだろ?」メルは今や堂々と笑っている。

ジェーンも笑いだした。彼の腕の中にすり寄って言う。「あたしは今のままがいいの、メル」

「俺もだ」

「ママー? どこにいるの? グレイヴィー・ソースが焦げてるよお」ケイティがキッチンから叫んだ。

「ソースはあんたが守りなさい。あたしはこっちを守る」ジェーンは言って、指輪の箱を掲げた。

「約束する?」メルが訊いた。

「約束する」

訳者あとがき

主婦探偵ジェーン・ジェフリイ・シリーズの第十作、『カオスの商人』をお届けします。

いささか季節はずれでありますが、今回はクリスマス・シーズンのお話です。ただでさえ何かと行事が多く、混沌《カオス》におちいりがちなこの時期に、聖歌の集いとクッキー交換パーティを連チャンで主催する羽目になったジェーン。そりゃあもう、無事にすむわけがありません。案の定、聖歌の集いの最中に、むりやり押しかけてきた嫌われ者のニュースレポーターが、お隣の家の屋根から落っこちて死んでしまいます。なにしろ、他人の後ろ暗い秘密を探ることにかけては抜群の嗅覚と執念を持っていたレポーターです。これが殺人なら、容疑者はわんさかいるはず。

例によって、ジェーンの〝重要な相手〟メル・ヴァンダイン刑事は、今回もゆき詰まる捜査に悩み、消耗します。遠方から母親が訪ねて来ているというのに。そう、ジェーンはメルの母親と初めての対面を果たすのです。彼女の心中は複雑です。自分は夫と死別して、大学生を頭に三人の子どもがいるただの主婦。かたやメルは将来有望なエリート警察官。そして彼の母親は成功している実業家。それだけではありません。この母親、なかなかの曲者で、いけずな姑《しゅうとめ》のセルマといい勝負なのでした。そんなわけで、ジェーンとメルの仲は前途多難にも思えるのですが……と、この先は本編でお楽しみください。

お楽しみください、と書きましたのは、おそらくこの本を手にしたほとんどのかたが、本編よりも先に、この訳者あとがきに眼を通されるであろうと考えたからです。シリーズの新作を読める嬉しさと、新しい訳者に対する不安な思いを胸にして……。

翻訳の世界で八面六臂の活躍をされていた浅羽莢子氏が早世されたのは、前作『飛ぶのがフライ』製作中の二〇〇六年九月のことでした。翌年一月に刊行されたその作品が、最後の浅羽訳ジェーン・ジェフリイ・シリーズとなってしまったのは、皆様ご承知のとおりです。一九九一年に『ゴミと罰』が刊行されて以来、ずっと新作を心待ちにし、読みつづけてこられたかたがたには、たいへんな衝撃でしたでしょう。訳者も、やはり衝撃を受けたひとりでした。

それがどういう巡り合わせでか、浅羽氏の後継という大役をお引き受けすることになりました。浅羽氏は『ゴミと罰』のあとがきで、作品についてこう書いておられます。「とにかく笑わせる場面と深刻な場面が適度に入り交じり、軽やかでテンポが早く、イキがいい、という言葉がぴったりな作風である」と。たしかに、まことにもって「軽やかでテンポが早く、イキがいい」浅羽訳でありました。

シリーズを愛読してこられたかたがたにとって、本書が違和感なく読み進められる仕上がりとなっていることを願ってやみません。そして今回初めてジェーン・ジェフリイ・シリーズをお読みになるかたがたは、本書をきっかけとして、ぜひ前の九作も楽しんでいただきたいと存じます。

ジル・チャーチル著作リスト

《主婦探偵ジェーン・シリーズ》

1 Grime and Punishment 1989 『ゴミと罰』 創元推理文庫
2 A Farewell to Yarns 1991 『毛糸よさらば』 創元推理文庫
3 A Quiche before Dying 1993 『死の拙文《せつぶん》』 創元推理文庫
4 The Class Menagerie 1994 『クラスの動物園』 創元推理文庫
5 A Knife to Remember 1994 『忘れじの包丁』 創元推理文庫
6 From Here to Paternity 1995 『地上《ここ》より賭場《とば》に』 創元推理文庫
7 Silence of the Hams 1996 『豚たちの沈黙』 創元推理文庫
8 War and Peas 1996 『エンドウと平和』 創元推理文庫
9 Fear of Frying 1997 『飛ぶのがフライ』 創元推理文庫
10 The Merchant of Menace 1998 本書
11 A Groom with a View 1999
12 Mulch Ado about Nothing 2000
13 The House of Seven Mabels 2002
14 Bell, Book, and Scandal 2003
15 A Midsummer Night's Scream 2004

16 Accidental Florist 2007

《グレイス&フェイヴァー・シリーズ》

1 Anything Goes 1999『風の向くまま』創元推理文庫

2 In the Still of the Night 2000『夜の静寂《しじま》に』創元推理文庫

3 Someone to Watch over Me 2001『闇を見つめて』創元推理文庫

4 Love for Sale 2003『愛は売るもの』創元推理文庫

5 It Had to Be You 2004

6 Who's Sorry Now? 2005

検　印
廃　止

訳者紹介　同志社女子大学英文学科卒，英米文学翻訳家。主な訳書，ベン・サピア「キリストの遺骸」，カーライル「黒髪のセイレーン」など。

カオスの商人

2009年5月29日　初版

著　者　ジル・チャーチル

訳　者　新《あら》谷《たに》寿《す》美《み》香《か》

発行所　(株)東京創元社
代表者　長谷川晋一

162-0814/東京都新宿区新小川町1-5
電　話　03・3268・8231-営業部
03・3268・8204-編集部
URL　http://www.tsogen.co.jp
振　替　00160-9-1565
フォレスト・本間製本

乱丁・落丁本は，ご面倒ですが小社までご送付ください。送料小社負担にてお取替えいたします。

ISBN978-4-488-27514-3　C0197

サラ・ウォーターズ
中村有希訳

半身《はんしん》

〈サスペンス〉

一八七四年の秋、監獄を訪れたわたしは、ある不思議な女囚と出逢った。ただならぬ静寂をまとったその娘は……霊媒。戸惑うわたしの前に、やがて、秘めやかに謎が零れ落ちてくる。魔術的な筆さばきの物語が到達するのは、青天の霹靂のごとき結末。サマセット・モーム賞に輝いた本書は、魔物のように妖しい魅力に富んだ、ミステリの絶品！

25402-5

サラ・ウォーターズ
中村有希訳

荊《いばら》の城 上下

〈サスペンス〉

十九世紀半ばのロンドン。十七歳になる孤児スウに、顔見知りの詐欺師が新たな儲け話を持ちかけてくる。さる令嬢をたぶらかして結婚し、彼女の財産を奪い取ろうというのだ。スウの役割は、令嬢の新しい侍女。スウはためらいながらも、その話にのることにするのだが……。CWAのヒストリカル・ダガーを受賞した、ウォーターズ待望の第二弾。

25403-2/25404-9

サラ・ウォーターズ
中村有希訳

夜《や》愁《しゅう》 上下

〈サスペンス〉

一九四七年、ロンドン。第二次世界大戦の爪痕が残る街で毎日を生きるケイ、ジュリアとその同居人のヘレン、ヴィヴとダンカンの姉弟たち。そんな彼女たちが積み重ねてきた歳月を、夜は容赦なく引きはがす。過去へとさかのぼる人々の想いと、すれ違い交錯するいくつもの運命。無情なる時が支配する、夜と戦争の物語。ブッカー賞最終候補作。

25405-6/25406-3

エレイン・ヴィエッツ
中村有希訳

死ぬまでお買物

〈ユーモア〉

やむをえない事情から、すべてをなげうち陽光まぶしい南フロリダへやってきたヘレン・ホーソーン。ようやく手に入れた仕事は、高級ブティックの雇われ店員だった。店長もお得意様も、周囲は皆整形美女だらけのこの店には、どうやら危険な秘密があるようで……？　ふりかかる事件にワケありヒロインが体当たりで挑む、痛快シリーズの登場。

15006-8

エレイン・ヴィエッツ
中村有希訳

死体にもカバーを

〈ユーモア〉

ワケあって世をはばかる身のヘレンは、ただいま〈ページ・ターナーズ〉書店で新米書店員として奮闘中。困ったお客や最低オーナーに振り回される毎日だ。ところが、そのオーナーが殺されてしまい、しかも容疑者として逮捕されたのは意外な人物で……？　南フロリダで働く崖っぷちヒロインの、仕事と推理と恋の行方は？　お待ちかね第二弾。

15007-5

ローラ・ウィルソン
日暮雅通訳

千の嘘

〈サスペンス〉

母の遺品を整理していたエイミーは、モーリーン・シャンドという女性が書いた日記を見つける。彼女と母の関係を調べていくうち、モーリーンの姉シーラが、実の父親を殺していたことが明らかになった。シャンド家で過去に何があったのか？　エイミーは姉妹の母、そしてシーラ本人と接触を図るが……。期待の俊英が贈る哀しみのサスペンス。

28504-3

Jill Churchill

ジル・チャーチル（米 ?―　）

八九年に『ゴミと罰』でミステリ界に登場し、アガサ賞最優秀処女長編賞を受賞した。明るく生きの良い文体で、主人公ジェーンの専業主婦としての目まぐるしい日常と素人探偵としての愉快な活躍を描き続けている。ディクスン・カーから貰った手紙が宝物だという、かなりのミステリマニアであるらしい。また、別名義で歴史小説の著作もある。カンザス州在住。

ゴミと罰

ジル・チャーチル
浅羽莢子訳

〈本格〉

ジェーンの朝は、三人の子供たちを起こしてまわることから始まる。平凡な一日? でも今日はいつもと様子が違った。お隣で、掃除婦さんが掃除機のコードで絞殺されてしまったのだ。疑われたのは近所の主婦一同。わが家を守るため、ジェーンは探偵役を買って出たのだが……。アガサ賞最優秀処女長編賞に輝いた期待の本格ミステリ登場!

27501-3

毛糸よさらば

ジル・チャーチル
浅羽莢子訳

〈本格〉

今年もクリスマスがやってきた。二男一女を抱えるジェーンには頭の痛いシーズンだ。おまけに今回は、疎遠にしていた旧友が性格最悪の息子を連れて遊びに来たから、たまらない。盛りあがる険悪ムードのなか、事は殺人事件にまで発展して……。苦手な編み物片手に、真相解明に取り組む主婦探偵ジェーン。騒々しくも面白いシリーズ第二弾。

27502-0

死の拙《せつ》文《ぶん》

ジル・チャーチル
浅羽莢子訳

〈本格〉

息子たちが旅行に出ていき、ジェーンは娘と女二人になれた。だが娘ときたら、朝寝はする、バイトはする、そのあとだって門限一秒前までお出かけくださる。がっかりしながらも遊びに来た母親と自分史執筆の講座を受けることにしたが、そこで毒殺事件が勃発――犯人は受講生の中にいる? 主婦探偵が生きがいと殺人犯を探索する第三弾!

27503-7

クラスの動物園

ジル・チャーチル
浅羽莢子訳

〈本格〉

あの親友シェリイが、今度ばかりは気もそぞろだった。高校時代のクラブの同期会、かつての内気の虫が再発しないよう、手伝いがてらジェーンにも出席してほしいのだという。憮然としながらもそれはそれ。だが、個性ばらばらな女七人が火花を散らす一夜が明けた時、出席者の一人が死体に……? 主婦探偵が右往左往する快調シリーズ第四弾。

27504-4

ジル・チャーチル
浅羽莢子訳

忘れじの包丁

〈本格〉

家の裏の原っぱで、映画の撮影が始まった！　主演女優は厄病神とうわさの高いリネット・ハーウェル。スタッフとも仲良くなって、シェリイと共にロケ見物へと乗り出したジェーンだったが、小道具主任が殺されて事態は急変。しかも、凶器はあろうことか、ジェーンの包丁。これも厄病神の霊験なのか？　主婦探偵がロケ隊に遭遇する第五弾。

27505-1

ジル・チャーチル
浅羽莢子訳

地上《ここ》より賭場《とば》に

〈本格〉

コロラド州の山奥にロシア皇帝がいる？　ジェーンは吹き出しかけた。このリゾート・ホテルの経営者は帝位の正統な継承者であるというのだ。しかし、いかにばかげて聞こえても、そう主張する研究家が殺されたとなると笑ってばかりもいられない。動機は本当に帝位を巡る争いなのか？　主婦探偵がスキーに、昼寝に、休暇を満喫する第六弾。

27506-8

ジル・チャーチル
浅羽莢子訳

豚たちの沈黙

〈本格〉

デリカテッセンの開店記念パーティの最中に、裏の倉庫で弁護士がハム用ラックの下敷きになって死んでいた。この男、自分勝手な条例を次々と発案しては、議会に働きかけていた有名な迷惑おやじ。そんなわけで、皆から疎まれていたのはたしかだが、殺すほど憎んでいたとなるといったい誰か？　主婦探偵が息子の門出を祝うシリーズ第七弾。

27507-5

ジル・チャーチル
浅羽莢子訳

エンドウと平和

〈本格〉

ジェーンたちの目の前で、豆博物館の館長が殺された。凶器は博物館に展示されていた骨董品のデリンジャー。創設者の遺産をめぐる揉めごとや、新館長の座をめぐるいざこざで、館内は火種には事欠かない。ジェーンは、ボランティアとして博物館を手伝うかたわら、事件解決に頭を絞る。主婦探偵が犯人を追いながら、縁結びもたくらむ第八弾。

27508-2

ジル・チャーチル
戸田早紀訳

風の向くまま

〈本格〉

時は一九三一年。上流階級から貧乏のどん底へと転落していた兄妹に、驚愕の知らせが届いた。二人が大伯父の莫大な遺産の相続人なのだという。だが、困ったことが二つ。妙な遺言のおかげで、実際にお金が貰えるのは十年後。しかも、二人は大伯父殺しの容疑者になってしまったのだ。二人は身の潔白を証明できるのか？　期待の新シリーズ開幕。

27509-9

ジル・チャーチル
戸田早紀訳

夜の静寂《しじま》に

〈本格〉

大きな屋敷はあるものの日々の稼ぎはまるでない。そんな兄妹が生活費のために企画したのは、有名人を囲んでの会費制のパーティーだった。幸運にも、滅多に人前に現れない有名作家が招待に応じてくれた。ところが計算外のことがただ一つ起こってしまう。飛び入り参加のご婦人が何者かに殺されてしまったのだ！　いよいよ快調の第二弾！

27510-5

ジル・チャーチル
戸田早紀訳
闇を見つめて
〈本格〉

ロバートとリリーの兄妹がヴォールブルグに来てから間もなく一年。長引く不況が町に様々な影響を及ぼすなか、リリーは金持ちのふりを続けることに疑問を感じていた。ある日、ロバートは敷地内の氷貯蔵小屋で、ミイラ化した死体を見つける。一方、リリーが参加している地元婦人会でも、メンバーの身内が殺されて……。好評シリーズ第三弾。

27511-2

ジル・チャーチル
浅羽莢子訳
飛ぶのがフライ
〈本格〉

親友のシェリイや保護者たちと、子供たちのサマーキャンプ候補地の下見に、隣州へとやって来たジェーン。せっかくの骨休めのチャンスだが、何かと雲行きが怪しいキャンプ場で、案の定ジェーンは死体を発見してしまう。ところが、その死体が忽然と消えてしまい……。我が家を離れても事件に巻き込まれる主婦探偵、待望のシリーズ第九弾。

27512-9

ジル・チャーチル
戸田早紀訳
愛は売るもの
〈本格〉

大統領選挙が間近に迫った十一月。リリーとロバートの兄妹は、人目を忍ぶ様子のグループ客を屋敷に泊めることになる。それと前後して、町の小学校から依頼された兄妹は、代理教師を務めることに。だが、ふたりが教壇に立ち始めた直後、滞在中の客が殺されてしまう。被害者の正体は、悪名高きラジオ伝道師だった……。人気シリーズ第四弾。

27513-6

ダフネ・デュ・モーリア
務台夏子訳
鳥
デュ・モーリア傑作集
〈バラエティ〉

ある日突然、人間を攻撃しはじめた鳥の群れ。彼らに何が起きたのか？　ヒッチコックの映画で有名な表題作をはじめ、恐ろしくも哀切なラヴ・ストーリー「恋人」、奇妙な味わいの怪談「林檎の木」、貴婦人が自殺した真の理由を私立探偵が追う「動機」など物語の醍醐味溢れる中短編八編を収録。『レベッカ』と並び称される代表作、初の完訳。

20602-4

ダフネ・デュ・モーリア
務台夏子訳
レイチェル
〈サスペンス〉

両親を亡くしたわたしには父同然の従兄、アンブローズがフィレンツェで結婚し、そして急死した。わたしは彼の妻レイチェルを顔も知らないまま恨んだ。が、彼女を一目見てたちまち心を奪われる。遺された手紙が心に影を落とす。アンブローズはレイチェルに殺されたのか？　せめぎあう愛と疑惑。第二の『レベッカ』と称される傑作を新訳で。

20603-1

D・M・ディヴァイン
山田蘭訳
悪魔はすぐそこに
〈本格〉

ハードゲート大学の数学講師ピーターは、横領容疑で免職の危機にある亡父の友人ハクストンに助力を乞われた。だが審問の場でハクストンは、教授たちに脅迫めいた言葉を吐いたのち変死する。そして大学で立て続く殺人、脅迫。相次ぐ事件は、ピーターの父を死に追いやった八年前の醜聞が原因なのか。クリスティが絶賛した技巧派が贈る佳品。

24003-5

記憶をなくして汽車の旅 〈ユーモア〉

コニス・リトル
三橋智子訳

目覚めると、オーストラリア横断鉄道の車中。わたしは自分が誰で、どこに行くのか思い出せない。メルボルンでおじさん一家と、自称婚約者が合流するが、奇怪な事件が続き、ついには殺人が！　終点パースに着くまでに、わたしは記憶を取り戻し、犯人を突きとめることができるのか？　幻の姉妹作家による、コミカルな鉄道ミステリの快作！

23003-6

夜ふかし屋敷のしのび足 〈ユーモア〉

コニス・リトル
三橋智子訳

離婚の話し合いをしている最中の夫の屋敷にメイドとしてもぐりこみ、彼女が別の男性に宛てたラブレターを取り戻してほしい。親友からのそんな頼みに応じて、しぶしぶ屋敷に乗り込んだわたし。肝腎の手紙は見つからず、慣れない家事に四苦八苦。そのうえなんと殺人事件までが起きてしまい……。姉妹作家リトルによるコミカルなミステリ！

23004-3